« Puisque tu veux tout savoir ! »

Claude Lemesle

Confidences à JULIEN DASSIN

« Puisque tu veux tout savoir ! »

Albin Michel

Salut, c'est encore moi !
Salut, comment tu vas ?
Le temps m'a paru très long
Loin de la maison, j'ai pensé à toi

J'ai un peu trop navigué
Et je me sens fatigué
Fais-moi un bon café
J'ai une histoire à te raconter

Il était une fois quelqu'un
Quelqu'un que tu connais bien
Il est parti très loin
Il s'est perdu, il est revenu…

(Extrait des paroles de « Salut » • Paroles et musique originales : V. Pallavicini, T. Cutugno, Losito • Texte français : Pierre Delanoë et Claude Lemesle)

Préface

« Le chemin de papa »

Je m'appelle Julien Dassin. J'ai 25 ans. Papa est mort il y a 25 ans. Je n'ai pas d'autres images vivantes de lui que celles que vous avez tous vues. Et comme il appartient un peu à tout le monde, je me suis quelquefois demandé si ça me laissait assez de place pour être complètement son fils. En tout cas, être un enfant Dassin ne rend pas l'enfance facile. À l'école, les réactions des enfants, des parents et des profs étaient toujours les mêmes. Les gens ne se rendaient pas compte que la situation de mon frère et la mienne, notre nom, tout ça n'était pas forcément simple. Plus d'une fois je suis rentré chez moi en pleurant. Mais jamais devant ma mère. Je ne voulais pas qu'elle me voie.

Face à la méchanceté de certaines personnes, j'aurais bien changé mon nom à certains moments pour celui d'Untel ou un autre encore moins célèbre ! Le fait d'être les fils du chanteur nous mettait la pression, à

Jonathan et à moi. Ça créait des jalousies, des préjugés. Jusqu'au bac où, avant même que j'aie ouvert la bouche, la prof chargée de me faire passer l'oral de commerce (le plus gros coefficient) m'a accueilli de la manière la plus encourageante qui soit : « Je vous préviens : pour moi, vous êtes comme tout le monde. » Une façon comme une autre de me montrer que, pour elle, je ne l'étais vraiment pas. Je vous laisse imaginer le résultat : je me suis sauvé.

Non, tout ça n'était pas forcément simple. Je n'aimais pas notre maison, je ne m'y sentais pas bien. J'avais peur de certaines pièces ; en particulier de celles où papa avait travaillé, où se baladaient trop de fantômes, trop de souvenirs qui m'échappaient et me tétanisaient en même temps. Je n'y allais jamais.

Curieusement, tout ce qui touchait de près ou de loin à mon père avait la même odeur, le même parfum que je ne saurais définir mais qui me suivront toute ma vie. La seule partie de la maison de Feucherolles où j'ai finalement osé fouiner, faire des fouilles dans le passé, c'est le grenier. Cette pièce mansardée contenait, entre autres, des maquettes de chansons et des lettres de fans. Malheureusement, lorsque j'ai commencé à m'y intéresser, elle a brûlé. Était-ce le signe qu'il me fallait renoncer à jouer les archéologues familiaux ? Quant au bureau de papa, j'en avais horreur. J'ai failli le foutre en l'air.

J'ai dû attendre de déménager, il y a deux ans, pour compulser à nouveau les souvenirs. Des cartons, des cartons et toujours cette fameuse odeur sans aucune connotation proustienne car, honnêtement, ça ne me rappelait rien. Mais ces cartons, une fois l'emménagement dans la nouvelle maison terminé, je les ai ouverts. C'était bourré de partitions, de billets d'avion, de répartitions SACEM, de papiers personnels, de photos, d'agendas et de bandes magnétiques. Des centaines de reliques ayant appartenu à papa que j'aurais certainement bazardées des années auparavant mais qu'à présent je regarde et garde avec émotion. Car je me suis aperçu que, petit à petit, je devenais fier de porter mon nom, celui de mon grand-père, celui de mon père, celui pour lequel maman avait choisi d'abandonner le sien. Ce qui, auparavant, était un fardeau est devenu un héritage, lourd, bien sûr, mais que je reçois avec tendresse et fierté.

La vie de papa s'écrit au quotidien sur les agendas où il notait méticuleusement ses rendez-vous, ses séances d'enregistrement, ses concerts, les fêtes familiales ou amicales. J'écoute les bandes magnétiques, témoins d'un travail assidu, consciencieux, ces pistes sonores où lentement, patiemment, se construisent des mélodies dont certaines ont servi, d'autres pas. Des petits trésors où la voix d'un artiste dont le sang coule en moi me parle et me confie la beauté et les difficultés de la création. Je lis les lettres d'un public anonyme qui confient leur amour et leur reconnaissance à celui qui leur apportait « 2 minutes 35 de bonheur », comme le disent si bien Jean-Michel Rivat et Frank Thomas dans la chanson interprétée par Sylvie Vartan et Carlos.

Et l'image de ce père qui m'a tellement voulu et qui m'a tellement manqué se précise peu à peu. Un Lego paternel se construit dans mon cœur. J'imagine les berceuses qu'il aurait pu me chanter, les conseils qu'il aurait voulu me donner, son sourire aux premiers flirts, sa peine devant les premières révoltes. J'imagine...

Je ne comprends pas bien les journalistes qui me disent : « Ça va pour vous ! » J'ai 25 ans. L'âge où, d'ordinaire, on essaye de construire sa vie en oubliant ses parents. Moi, je tente de la bâtir en les découvrant. « Ça va pour vous ! » Quoi ? L'argent ? C'est vrai, merci, papa ! Grâce à ton travail et à ce qu'il en reste – et qui reste tellement ! – nous sommes pour l'instant à l'abri du besoin. Mais ce besoin-là, apparemment essentiel dans nos sociétés de consommation, matérialistes, en cache d'autres tellement plus essentiels. C'est vrai, je conduis une belle voiture mais ne croyez-vous pas que je préférerais parfois être le passager d'« un vieux tacot fleuri sur le capot »[1], conduit par mon père ?

Être un enfant Dassin, je l'ai dit, ça n'était pas facile. Devenir Julien Dassin, alors là, gros défi ! Comment faire pour que mon nom s'écrive un jour avec un D majuscule comme celui de mon grand-père et de mon père. En suis-je seulement capable ? Est-ce qu'un jour, là-haut, celui qui m'a donné la vie sera fier de ce que j'en aurai fait ? Je dors mal, je rêve plutôt tard et je cherche une voie qui soit digne de la sienne. Est-ce que je tiens de lui ? Que m'a-t-il laissé, à part ce nom que je commence à aimer ?

1. « L'Équipe à Jojo ».

« Le chemin de papa »

On me dit qu'il était un peu menteur... Cela m'arrive aussi. Il est devenu artiste par hasard ; c'est en train de se passer aussi comme ça pour moi, mon frère aîné ayant apparemment plus la vocation. On me dit que je lui ressemble, que j'ai même des expressions... Peut-être, sans doute, mais ça ne suffit pas.

Les cartons déballés m'ont tracé des pistes. J'avance à tâtons sur les chemins de la connaissance, de la reconnaissance. J'ai eu le temps de faire le deuil : un quart de siècle ! Il me faut à présent aller dans une « mairie virtuelle » reconnaître mon père.

Je m'appelle Julien Dassin. J'ai 25 ans, mais je suis né hier. Claude, toi qui, à ce qu'on m'a dit, étais son meilleur ami, Claude, s'il te plaît, apprends-moi papa.

Julien Dassin

« À toi »

Comment te dire, Julien, comment t'expliquer ? C'est une histoire commencée par Perrault et terminée par Eschyle. Un conte de fées qui glisse lentement, consciencieusement, vers la tragédie. Un drame moderne. Et pourtant, combien de bonnes étoiles sur ce berceau du 5 novembre 1938 à New York ! Le petit Joseph Ira Dassin qui naît ce jour-là, de Jules Dassin, cinéaste, et de Béatrice Lautner, dite Bea, son épouse, violoniste, peut dans le ciel automnal voir un joli bouquet de chances. Des parents intelligents, attentionnés, sensibles, deux artistes de grand avenir. Le pays le plus puissant du monde (déjà !) où ton arrière-grand-père a débarqué d'Odessa au début du siècle. Un arrière-grand-père qui était peut-être un prince slave, va savoir... Jules, ton grand-père, l'assure parfois avec son bon sourire charmeur et mystérieux. Oui, combien de bonnes étoiles, de bonnes fées ! Joe grandit. C'est un surdoué. Intelligent, bosseur, très musicien (Jules me dira un jour ne l'avoir jamais entendu chanter faux, ce que je crois volontiers), et puis beau pour couronner le tout (on n'est pas petit-fils de prince slave impunément !). Deux tout petits pépins : un souffle au cœur et un léger strabisme viennent un peu contrarier le viatique, bien peu de chose, tu le vois. La carte du ciel a été tendre avec le petit scorpion américain.

Ton père entame tout juste sa deuxième dizaine d'années lorsque le sien, accusé par le triste maccarthysme de sympathies communistes, doit s'exiler en Europe avec toute sa famille. Entre-temps, deux sœurs sont nées : Ricky, d'abord, puis Julie. Sur le vieux continent, Joe va faire de bonnes études ici et là, en Suisse, en France. Il passe son bac à 16 ans à Grenoble puis il repart aux États-Unis, en froid avec le cinéaste paternel qui a délaissé sa maman pour une actrice magnifique et ravageuse : Mélina Mercouri.

Une série de petits boulots : « testeur psychologique », routier, livreur de voitures neuves, plongeur... ; des études d'anthropologie, brillamment sanctionnées par un diplôme de « master of... » (l'équivalent de notre doctorat). Joe, déjà bon guitariste, se découvre une voix et chante avec un de ses copains, Alain Giraud, dans un boui-boui yankee, perché sur une échelle. Que donne-t-il à entendre aux jeunes étudiants locaux ? Du Brassens, évidemment, son préféré, qu'il présente d'ailleurs comme du folklore français. Je t'avoue que j'aurais aimé être là ! Non seulement il chante, mais il se met aussi à écrire. Une de ses nouvelles trouve même un éditeur. Pas peu fier, ton papa !

Rentré en France, ton père oublie son diplôme, et officie en tant qu'assistant metteur en scène de ton grand-père Jules, avec qui il s'est, entre-temps, réconcilié (*Topkapi*), comédien (*La loi, Lady L*), animateur de radio. Et bientôt il se marie, le 18 janvier 1966, à 27 ans, avec Maryse Massiera, une femme adorable, modèle d'amour et de gaieté, discrète, positive, une perle trouvée avant l'heure par ce futur Polynésien de cœur. Tu connais la suite : Joe devient chanteur, comme tu l'as dit très justement, par hasard, une amie de Maryse, Catherine Régnier, ayant fait entendre un de ses essais enregistré sur bande magnétique chez CBS où elle est secrétaire. Quelques années de galère (oh ! pas très longtemps à vrai dire), puis le voici star, le plus gros vendeur de disques de son époque, vedette consensuelle, figure incontournable de la chanson des années 1970.

Mais peu à peu, l'histoire dérape, le disque se raye, le scénario s'enraye. Pourquoi ? Difficile à dire. Peut-être ton père ne s'aimait-il pas assez pour comprendre qu'on l'aime… L'énergie s'inverse. Elle se fait négative. Cet homme posé, aimable, ce type normal devient inquiet, irritable, étrange… En changeant d'amour, il semble avoir changé d'âme et de peau. Un jour, je m'en souviens, je l'ai rêvé apparaissant en photo dans le journal, sec et ridé comme une vieille Anglaise. Prémonitoire ou flash de Dorian Gray ? Pourquoi cette chute où le héros se ressaisit à la fin, se raccroche désespérément à la dernière branche du dernier arbre et tente de se rétablir ? Tu veux le savoir, Julien, et je te comprends. J'aurai peut-être quelques difficultés à t'expliquer, ton père était tellement complexe ! Je pourrai au moins te raconter. Cela n'ira pas sans douleur de ma part et de la tienne. Certains épisodes peuvent te faire mal. Il te faut pourtant les connaître pour mieux le connaître. Joe a eu beaucoup de chance et a beaucoup souffert. Je te parlerai des deux, si tu le veux bien. Je suis sûr que, loin d'en être choqué, tu ne pourras que l'en aimer mieux.

J'ai attendu pour ouvrir ma mémoire et mon cœur que tu sois un adulte et que tu me le demandes. Il me semble que ton frère, lui aussi, veut savoir... Quant au public, ne mérite-t-il pas, lui qui, depuis 25 ans, témoigne pour ton père d'une affection si émouvante et si solide, de rencontrer l'homme, l'homme magnifique et blessé qu'il était ? Le talent rongé par le doute, la pudeur brûlée par la passion.

Le petit Larousse 2006, comme ses confrères dictionnaires, pèche encore par omission. Alors que Claude François y figure (page 1380), Joe, qui laisse une trace tout aussi importante et un répertoire plus vaste, en est absent, tout comme Jules, ton grand-père. C'est sans doute la rançon de sa discrétion. Ton papa n'était ni paillettes ni show-biz. Il détestait tout ce qui pouvait ressembler à un semblant d'idolâtrie. Il attachait beaucoup plus d'importance à son métier de chanteur populaire qu'à lui-même. Il m'a dit plusieurs fois – et ça me choquait : « Quand je serai mort, foutez ma barbaque à la poubelle ! » Je partage avec lui ce peu de considération pour la « carcasse », mais je crois, tout comme toi, qu'il serait dommage de jeter sa mémoire au rebut. C'est un des hommes les plus passionnants qu'il m'ait été donné de rencontrer. Jusqu'à présent, je me suis tu. Tu me demandes de t'en parler. Tu as raison, et je vais le faire. Il est temps, après toutes ces années, il est grand temps qu'il soit enfin connu, cet homme qui n'est encore que célèbre.

« Mon village du bout du monde »

Mercredi 20 août 1980. 14 h 30. Papeete... Il y a deux jours, ton père faisait un billard américain avec quelques potes, détendu, heureux. Tu dors, Jonathan joue. Vous saurez bien assez tôt le cataclysme de ce jour tranquille, cette vacherie de la vie, comme l'avait écrit Joe à la sœur du pilote François Cevert, disparu si jeune.

Si jeune, lui aussi... Joe avait l'air d'aller bien, tout à l'heure, au restaurant Michel et Éliane ! Enfin reposé, apaisé, entouré de sa mère, de son nouvel amour, de ses amis... Oui heureux dans la sérénité contagieuse de cette île. Il s'était ressaisi, c'était reparti, il revivait ! Et puis, soudain, j'ai entendu clairement, concrètement, cette chose demeurée jusqu'à présent pour moi abstraite, cette horrible chose littéraire qu'on appelle le dernier soupir. Oh ! Comme je l'ai entendu, son dernier souffle de vie. Comment le fil peut-il être aussi ténu de la présence à l'absence, du regard au néant, de l'homme à sa statue de poussière ? Comment ? Il avait l'air d'aller bien !

« *Puisque tu veux tout savoir !* »

Ce papier dans ma poche. Un espoir ? Son billet retour vers la lumière ? Non, une liste ! Une dizaine de mots d'une écriture que je connais, fine, presque italique, l'écriture de ton père. Je ne sais plus lire. Ma tête est trop vide pour que mes yeux y impriment quoi que ce soit. Quelque chose de ma vie vient de s'arrêter et j'ai bien trop mal pour évaluer les dégâts ! Je suis sonné debout sous le soleil de Tahiti et je tiens cette liste, ces mots, un peu d'encre jetée sur le papier par les derniers mouvements de sa main… Cette main qui a caressé des femmes et des guitares, apprivoisé des lassos, dompté des colères, serré d'autres mains, salué des foules… Cette main inerte, à présent, à l'hôpital Mamao, la main de mon ami Joe Dassin.

C'est quoi, cette liste ? Cette litanie dérisoire de lettres bleues ? Ses rêves inachevés, des étoiles qu'il cherchait, des titres de chansons à venir, des prénoms de femmes comme un baume, des noms d'amis comme un psaume, des mots d'amour à ceux qu'il laisse ? Les lettres s'allument, s'éteignent, les lettres changent de couleur.

Le jour tombe vite en Polynésie. La nuit s'installe. Il me semble que j'y vois mieux, les yeux lavés par les larmes et l'obscurité. Les mots apparaissent alors clairement : ce ne sont que différents ingrédients que ton père m'avait demandé de me procurer afin qu'il puisse nous composer son punch préféré, une liste de courses à faire ! Rhum blanc, curaçao blanc, gin, menthe, etc.

Mais ce soir, nous boirons l'eau de la détresse et lui, là-haut, tout là-haut, sur l'étoile où il a rejoint son fils Joshua, dans le nirvana des chansons dont il parlait si souvent, il va lever son verre à nos santés et se demander pourquoi ce vol si court et ce si grand passage, pourquoi lui, pourquoi si tôt ? Et puis interpeller gentiment le pilote de ce voyage absurde : « Remboursez, j'ai rien compris !... » Je ferme les yeux. J'imagine un instant le rejoindre. Et soudain, ce flash-back...

Le DC8 d'UTA vient de quitter Los Angeles en direction de Papeete. Joe allume sa première cigarette – en 1973, on peut encore fumer à bord d'un avion. Étrangement, toutes les hôtesses ont disparu. Volatilisées, les beautés volantes ! Mon compagnon de voyage, qui s'est plongé comme d'habitude dans un bouquin avec le plus grand sérieux, affiche cependant le sourire discret de l'initié. Dix minutes se passent. L'une après l'autre, ces demoiselles réapparaissent et le spectacle est affolant. Une fée aérienne a changé leurs uniformes réglementaires en robes tahitiennes et les passagers qui ont la chance de ne pas s'être endormis rêvent... L'une de ces jeunes femmes ondule dans l'allée centrale et son déhanchement est une provocation. Elle passe à notre hauteur, puis s'éloigne doucement vers l'avant de l'appareil. Et là, Joe, mon Joe, ton père, si discret, si pudique, l'élégance faite homme, ne peut pas s'empêcher de lâcher cette exclamation triviale : « Quel cul ! »

C'est le même que nous retrouvons trois jours plus tard, toujours aussi délicieusement ondulatoire, chez

Henri et Tina Bontant qui ont organisé chez eux une « bringue ». La « bringue » (prononcer en roulant le r...) est un sport national à Tahiti, je devrais plutôt écrire était, tant notre société occidentale a fait des ravages là-bas. La télé a bouffé guitares et voitures, avalé vélos et scooters, et la vidéo a vidé les plages. Mais, au début des seventies, les Polynésiens vivaient encore d'amour et de tamouré.

Les Bontant habitent la pointe Vénus (ça ne s'invente pas). Le grand jardin gazonné et planté de cocotiers tombe, par une courte plage de sable noir, directement dans le Pacifique... Ce dimanche-là, il fait un temps exceptionnel, ensoleillé mais très doux. L'air est chargé d'effluves de tiaré et d'une sorte d'électricité mouvante, émouvante, qui ressemble au bonheur.

Donc, l'adorable apparition est là. Et, au sol comme en vol, toute la personne est agréable. Le visage, une chevelure très brune encadrant des yeux très bleus, le corps très mince mais harmonieusement dessiné, le charme du sourire quand la jeune femme se tait, celui de la conversation quand elle ouvre la bouche. Il faut dire que Véra – tel est le prénom de la demoiselle – a de qui tenir. Elle est la fille d'un homme formidable qui a débarqué à Tahiti en 1931 et n'en est jamais reparti, vivant au milieu des fleurs, des livres et des disques avec une famille nombreuse et une immense culture. Il est là, en ce superbe dimanche polynésien, avec son épouse et deux autres de ses délicieuses filles : Ethery et Christiane.

Ton père est aux anges. Il parle, boit, fume, s'esclaffe, il lui arrive même – chose qu'il ne fait jamais d'habitude – de prendre sa guitare. Autour de lui, les beautés tourbillonnent mais il n'a d'yeux que pour l'une d'entre elles et, le punch aidant, ses idées, pour rester claires, commencent certainement à devenir moins honnêtes. Je pense à Maryse, son épouse, qu'une grossesse difficile a contrainte à rester en France. Aïe ! La demoiselle au déhanché sublime va être l'occasion d'un bon coup de canif dans le contrat. C'est clair comme l'eau du lagon ! Le soir tombe, les rires montent, la fête se termine très tard. Nous rentrons au Maeva, notre hôtel. Je suis un peu saoul. Joe ne doit pas être tout à fait seul...

Nous avons passé en Polynésie trois semaines magnifiques, trois semaines un peu folles au court desquelles notre amitié est arrivée à maturité. Entre mon extrême timidité et la très grande pudeur de ton père, les liens se sont tissés lentement, mais ce sont les plus solides. Et, nous découvrant dans un autre décor, d'autres circonstances, sans les contraintes imposées à moi par le travail et à lui par la célébrité, nous avons fini, là, aux antipodes, de nous apprendre et de nous apprivoiser. Désormais, tout serait entre nous complicité et confiance.

Et j'ai compris pourquoi ton père aimait tant Tahiti : le Polynésien n'a pas la considération superficielle. Il s'attache à ce qu'on est et non à ce qu'on représente. Peu lui importe que l'on soit célèbre ou riche. Les titres, les gros titres, les médailles, tous ces hochets qui flattent tellement les grands bébés continentaux, tout ce qui brille, à part le soleil, le Tahitien s'en fout ! Ce qui compte pour lui, c'est que l'on soit simple et sympa, surtout pas faoru comme on dit là-bas, c'est-à-dire prétentieux, hautain, méprisant. Le faoru, au bout d'une journée à Papeete, s'il est démasqué – et il le sera forcément ! –, n'a plus qu'à boucler sa valise et à retourner à Faa'a, l'aéroport local.

C'est vrai, ton père, sous le soleil des antipodes, respirait autrement. Sa condition de vedette ne lui pesait plus. Lui qui, quelquefois, en France, passait pour un bêcheur, car sa timidité mettait entre les gens et lui une distance que d'aucuns prenaient pour de la suffisance, était à Tahiti apprécié pour ce qu'il était vraiment : un homme discret, humble, bon vivant, intelligent et sensible, bref, un homme d'excellente compagnie. Dans cette île idyllique, ce qu'il venait chercher avant tout, ce n'étaient pas les splendeurs de la nature mais la saveur du naturel. Il s'y est immergé avec gourmandise. Entre baignades et champagne, parties de pêche ou de yam, folles bringues et jours tranquilles.

Ton père appelait souvent Maryse, malgré les difficultés de communication entre le territoire et le continent. Il avait de bonnes nouvelles de Deauville où celle-ci s'était réfugiée pour protéger l'enfant qu'elle portait. Infidèle, sans doute, mufle, sûrement pas. Les semaines d'insouciance n'érodaient ni l'inquiétude ni l'affection.

Tous les deux « piqués au tiaré », comme on dit là-bas, nous avons passé sans doute nos plus belles vacances, lui avec Véra, moi avec le spleen d'une rupture récente. Je me rongeais les sangs et « bassinais » tout le monde avec mon chagrin d'amour mais, surtout, avec l'appréhension que j'avais de la tournée d'août à laquelle ton père m'avait convié et où je devais exécuter (c'est le cas de le dire !) trois chansons. À tel point qu'un soir, en pleine bringue, nos amis du Pacifique me lancent un défi : « Claude, arrête de nous emmerder avec ton trac et fais-nous ton tour de chant ! » Bien obligé, je prends une guitare qui traîne par là (il devait y en avoir, à l'époque, deux ou trois au mètre carré à Tahiti...) et je commence.

Dans les mains de chacun de mes auditeurs, des œufs qu'ils sont prêts à transformer en projectiles. Il y a là les Bontant, agents immobiliers, les Mourareau, joailliers, Gilbert Casimir, kiné, son épouse Renée qui tient deux boutiques de duty-free, Véra, Ethery et Christiane, Michel et Éliane, les restaurateurs. Bref, des gens qui n'ont rien à voir avec le showbiz, un vrai public, polynésien de surcroît, c'est-à-dire ouvert mais sans indulgence. Dans leurs mains, donc, des œufs que je m'attends à voir voler vers moi après le dernier accord du troisième morceau ! Fin de la chanson. Je ferme les yeux, résigné d'avance au supplice de l'omelette. Rien ! Je les rouvre. Alors, Pierre Mourareau s'écrase la coquille sur la tête et dégouline d'un grand rire heureux. Ton père n'est pas en reste.

Le dimanche précédant notre départ, la douceur de vivre fait place à l'horreur. Vers 22 heures, le malheur s'abat sur l'île. Alors que nous rentrons de chez un de nos amis après avoir dégusté la ta-pen-lu, la fondue chinoise, nous trouvons le port de Papeete silencieux, lugubre. Les gens, assemblés sur le quai, contemplent, hébétés, incrédules, le ballet des barques et des pirogues dont les fanaux se rapprochent et portent la mort… Un 707 de la Pan Am vient de s'abîmer au décollage. On ne retrouvera qu'un survivant, un Canadien miraculé ! Dès le lendemain matin, nous annulons le séjour projeté dans un atoll où nous devions nous rendre… en avion ! Tahiti Nui, comme le sentier est court du jour à la nuit !

La veille de notre départ, ton père reçoit tous les amis qui nous ont si bien accueillis, au Belvédère, un restaurant perché à 600 mètres d'altitude. Ce sera mémorable. Nous dégustons une fondue bourguignonne, assistons, éberlués, au strip-tease de Tina Bontant, à qui une jeune provocatrice a pris le risque de crier : « À poil ! », chantons de tout, musiques des îles et paroles de carabins. Bref, nous sommes tous bien partis avant même d'avoir embarqué. Il me semble pourtant, dans les brumes d'après champagne, voir ton père entrer dans sa chambre en compagnie de Véra et d'une autre jeune hôtesse... Un double adieu au paradis, en quelque sorte.

Pouvais-je deviner que dans ce même paradis, sept ans plus tard, s'achèverait son enfer ? Face au port où un soir le 707 de la Pan Am…

« Il était une fois nous deux »

Tout commence le 5 juillet 1966. Je chante avec quelques amis du petit conservatoire de Mireille au Hootenany, boulevard Raspail à Paris. Dans une atmosphère enfumée et joyeuse, le spectacle s'improvise sous la houlette de Lionel Rocheman, un quasi-quadragénaire passionné de musique. C'est un melting-pot étonnant. La harpe bretonne d'Alan Stivell y côtoie le folk de Roger Mason ou de Steve Waring et les prétentions bidesques de quelques massacreurs de notes rive-gauchistes. À la fin du spectacle, je vois un grand garçon châtain discuter avec l'une de mes jeunes amies sur laquelle, l'avouerai-je, j'ai des vues. Est-ce qu'il la drague ? Je m'approche, me mêle à la conversation…

« Je m'appelle Joe Dassin, me dit le jeune homme. Bravo, monsieur ! Vos chansons m'ont beaucoup fait rire.

– Merci !…

– Et si je vous invitais à venir boire un verre à la maison ? J'habite juste à côté, au 218, boulevard Raspail. »

« Puisque tu veux tout savoir ! »

Ton père était venu en voisin, à la recherche d'un joueur de banjo pour son premier orchestre.

Joe Dassin... Bien sûr, ça me disait quelque chose. Sa voix m'avait frappé, séduit, un an auparavant, lorsque, étudiant en khâgne, je l'avais entendue pour la première fois « dans le poste ». Elle était grave, profonde, inimitable, avec un rien d'accent et un brin d'humour qui m'avaient tout de suite accroché. J'étais fan fondu de Brel et admiratif de Brassens, mais cela ne m'empêchait pas d'apprécier les chansons dites plus légères. Préparer Normale Sup ne m'avait pas converti à l'élitisme et le snobisme m'a toujours profondément répugné. Joe avait, du reste, cette belle définition des snobs : « Ce sont des gens qui aiment ce qu'ils n'aiment pas. »

Mes amis, Peter Hawkins, Marie-Claude Vallez, Gérard Gaillaguet, Michèle Cherdel, et moi avons accepté l'invitation avec enthousiasme. La nuit a été longue. Guitare et quelques verres. Nous nous sommes séparés à 4 heures du mat', dans les brumes du petit jour.

« À bientôt ? me lance Joe.

– À bientôt ! »

C'était parti pour quatorze années qui allaient changer ma vie. Ton père, en cherchant un joueur de banjo, avait trouvé un auteur et un ami. Oh ! bien sûr, cela ne s'est pas fait en un jour. Après l'été 66 de notre rencontre, nous nous sommes revus de loin en loin. Les cinq étages du boulevard Raspail quatre à quatre et, trois quatre, sonne jolie guitare.

Ton père, toujours discret, poli, encourageant, écoutait mes nouvelles créations : « J'aime bien ton écriture ! » Pour des timides, nous avons passé un minimum de temps à nous vouvoyer. Osais-je lui dire que j'adorais sa voix ? Sûrement pas. Mais il devait bien s'en douter. J'habitais alors un minuscule studio, rue Saint-Gilles, où le soleil et le téléphone brillaient par leur absence. Le contact avec l'extérieur s'y faisait sans fenêtre ni combiné. J'appelais donc chaque midi mes parents depuis le café du coin pour prendre mes messages. Ces communications n'avaient jamais beaucoup de succès : « Allô papa, maman, ça va ? Il y a quelque chose pour moi ? – Non... Rien. » Jusqu'à ce jour de février 1967 où : « Ah si ! La femme de Joe Dassin a téléphoné. Il voudrait te voir. » Un putain de flash me vrille la tête, une certitude fulgurante, de celles qu'on a deux ou trois fois dans une vie de centenaire : la chance est en train de passer. J'appelle Joe. Après mille précautions, comme s'il voulait me demander quelque chose d'inavouable, il se lance :

« Je suis en panne de texte sur l'une de mes chansons. Je sais que ce n'est pas exactement ta tasse de thé, tu es plutôt rive gauche et moi plutôt rive droite, mais j'aimerais bien que tu essaies... »

J'abandonne illico le Marais pour le 14e et je débarque dans l'appartement d'où ton père, paraît-il, entend Sartre tirer la chasse quand besoin est. La classe ! Joe m'accueille gentiment, comme d'habitude. Il s'agit d'écrire l'adaptation d'une chanson américaine : « Hello hello ».

La musique me plaît. J'accepte le challenge et je repars dans mon studio sans lumière en me disant que c'est la chance de ma vie mais que ce n'est pas dans la poche ! Pendant trois semaines, la bande va tourner sur mon magnéto préhistorique sans que j'ose déposer deux mots sur mon cahier. L'enjeu me coupe le souffle et ton père, ce douteur professionnel, doit s'en vouloir de m'avoir fait confiance. Le texte, que je cherche à dessiner moitié humour, moitié tendresse, se construit entre deux sandwiches. C'est prêt ! Je l'appelle.

« Viens tout de suite ! » exige l'artiste impatient.

Catastrophe ! Quand je pénètre essoufflé dans le salon studieux, ton père est flanqué de ses deux paroliers, Jean-Michel Rivat et Frank Thomas, deux auteurs talentueux que j'admire et qui, tu l'imagines, m'intimident. Joe aurait tout de même pu attendre d'en avoir fini avec eux pour me convoquer ! Il était bien trop pressé. J'auditionne donc devant ces deux grands paroliers qui ont l'extrême gentillesse de m'applaudir, alors que mon texte est franchement moyen. Lorsque nous nous retrouvons seuls, Joe revêt la casaque du professeur. Il m'apprend l'accent tonique, la valeur rythmique du mot sur la musique dont j'ignore tout. Il souligne ce qui fonctionne et rature ce qui ne lui plaît pas. C'est à peine s'il ne me note pas ! Paternel, maître ès chansons, il me briefe du haut d'une chaire amicale. Je me retire avec mon devoir à peaufiner mais je suis sûr maintenant, qu'éclairé sans indulgence mais avec délicatesse, je vais m'en sortir.

Comme « Hello hello », finalement, n'a pas trop mal marché, dans la foulée, ton père me demande de travailler sur son deuxième album : « Les deux mondes de Joe Dassin ». Lâchement, je laisse tomber ma licence d'histoire à la Sorbonne, au grand dam de mes parents, pour me consacrer à la chanson. Ton père enregistre alors au Studio Davout.

« Que fais-tu ce week-end ?

– Je chante dans le Centre de la France…

– J'aimerais bien venir...

– Tu sais, ça ne va pas être marrant. Aller-retour en voiture, tu ferais mieux de rester à Paris !

– Je viens…

– D'accord ! »

Le dimanche suivant, nous partons pour Sainte-Agathe-en-Bouteresse (ça existe !). La 304 blanche se faufile de virage en virage, entre des vaches en manque de trains et quelques platanes blasés. Nous arrivons enfin sur le théâtre du gala (à cette époque, on ne dit pas encore concert). Joe et Maryse filent prendre un café bien mérité dans un estaminet proche. Je reste seul devant la Peugeot épuisée sur la vaste place où se dresse, dans la boue, un chapiteau improbable. Un homme entre deux âges, bien mis, s'avance timidement vers moi et m'apostrophe : « Monsieur Dassin, je suis le maire de ce village et je suis très heureux de vous y accueillir ! »

Je suis bien obligé de lui décliner mon identité décevante : je ne suis qu'un des modestes auteurs de la vedette qu'il a cru saluer. Dépit de l'édile local qui craint un instant un remplacement intempestif. Je rassure l'homme : Joe n'est pas loin. Il se « caféine », il va se changer, il va chanter. Une heure plus tard, l'artiste, chemise rouge, pantalon noir et gros ceinturon, entre en scène. Je mentirais si je te disais que sa performance a soulevé les acclamations des quelque deux cents courageux locataires de la toile auvergnate. Tout juste une dizaine de minettes, sans doute impressionnées par les cris des fans des Beatles répercutés par les antennes, essayent-elles d'entretenir l'illusion d'un triomphe « Ta ga da ta ga da, voilà les Dalton. ». Ta ga da ta ga da, au rappel, il n'y a plus personne… ou si peu !

Maryse, atterrée et stoïque, rumine sans doute des réflexions contradictoires. Elle se demande ce que fait son intellectuel de mari sur ces planches de fortune pour un cachet de misère. Au retour, elle ne peut s'empêcher d'évoquer l'alternative, l'anthropologie ou la chanson, sans cacher sa légère préférence pour l'anthropologie. Ton père acquiesce mollement. Difficile de savoir exactement ce qu'il en pense… Mais lorsque j'ai l'imprudence de commencer l'une de mes phrases par : « Joe, quand tu seras une vedette… », il me coupe et réplique sèchement : « Claude, arrête tes conneries, je ne serai jamais une vedette ! » Six mois après cette prestation dérisoire dans un désert boueux, six mois après cette déclaration péremptoire dans le petit matin d'automne, il était, au printemps, n° 1 en France…

« Le roi du blues »

Jacques Plait était un homme remarquable. Pied-noir débarqué en France dans les années 1950, il avait, après des études de droit, donné libre cours à sa passion pour la musique. Grand amateur de jazz, ce garçon avait pris goût à la chanson sous la férule experte de Maurice Tézé, un de ces grands directeurs artistiques d'antan qui manquent tant à notre métier d'aujourd'hui. Après avoir dirigé Johnny, Gainsbourg et tant d'autres d'artistes de la maison Philips, il avait décidé, à l'américaine, de fonder une société de production indépendante, la première en France, et initié, avec son épouse Colette et Claude Carrère, la carrière de Sheila. Il conservait d'ailleurs dans ses archives le disque souple de l'audition de l'apprentie chanteuse, « Chariooooot », qu'il faisait écouter à quelques visiteurs privilégiés.

Cet homme affable, hospitalier et archi-sensible sous une enveloppe plutôt débonnaire, avait ensuite quitté l'aventure à couettes pour CBS où Jacques Souplet, son presque homonyme, cherchait désespérément un bon directeur artistique pour ton père. C'était en 1965 et Joe était mécontent de la réalisation de ses trois premiers 45-tours. Devenu chanteur par hasard, le perfectionniste qu'il était n'en attendait pas moins qu'on lui permette de produire ses disques autrement que dans la médiocrité. Or, il avait entendu parler de Jacques Plait.

Jacques Souplet dirigeait la maison de disques sise à l'époque dans le seizième, au 3, rue Freyssinet, histoire sans doute d'asseoir la chanson populaire dans les beaux quartiers. Il se chargea, à la demande de Joe, d'organiser la rencontre, non sans appréhension. En effet, les deux hommes paraissaient complémentaires, mais comment faire pour que le choc de ces deux fortes personnalités ne crée pas d'étincelles ! « Un déjeuner ? – Va pour le déjeuner !... » Au jour dit, soupir de soulagement du PDG, un petit homme chauve à l'allure de pasteur anglican, doté d'un humour british et auteur de cette fameuse boutade : « Ce métier serait formidable s'il n'y avait pas les artistes ! » Le courant passe entre Jacques et Joe. Ton père l'observe, teste, questionne. Méfiant d'abord, puis intrigué, et de plus en plus intéressé. Ce quadragénaire au léger embonpoint, jovial mais sérieux, ce Méditerranéen expansif serait-il le complément d'artiste direct, l'oiseau introuvable que recherche Joe ? Le repas terminé, Jacquot allume son gros cigare de producteur (la fonction crée le havane !...).

« Où habitez-vous ? lui demande Joe.

– À Sceaux.

– Pouvez-vous me déposer ? J'habite boulevard Raspail.

– Pas de problème. »

Parvenu à destination, Joe pose au conducteur cette question rien moins qu'innocente : « Si je vous demandais un conseil, un seul, lequel me donneriez-vous ? » Réponse instantanée de Jacquot : « Si vous voulez devenir une vedette, laissez-vous pousser les cheveux ! » Ton père est abasourdi, atterré. Pour lui, c'est une énorme connerie ! Il monte, furieux, les cinq étages en se promettant de ne plus jamais revoir cet individu qui réduit le talent d'un artiste à des futilités de garçon coiffeur. La chanson réduite à Samson ! « Ah non ! Jacques Plait, jamais ! » Ils ne se quitteront plus pendant quinze ans.

Jacquot était un cas, un dénicheur de succès, un nez. Dans une énorme pile de disques, son flair infaillible lui indiquait le titre qui allait permettre à son artiste de faire un nouveau succès... Ce qu'il résumait dans cette forfanterie délicieusement naïve : « Ce qui plaît à Plait, plaît au peuple. » Il enregistrait chaque dimanche le hit-parade de la BBC, afin de trouver l'adaptation adéquate. Il écoutait des bandes, des cassettes, des disques, pendant des heures, passant au tamis de son intuition exceptionnelle les notes et les mots, parfois imbuvables, souvent quelconques, rarement enthousiasmants, dont il saurait extraire l'or de ses disques. L'homme était disponible, gentil et terriblement efficace. Joe l'aimait et l'enviait. Jacques avait en effet ce qu'il n'avait pas : le sens populaire, une espèce d'instinct phénoménal du succès. Et celui-ci se manifestait aussi bien en amont, dans le choix des chansons, qu'en aval, au cours des séances d'enregistrement.

« L'équipe à Jojo »

À la fin de l'année 1967, la carrière de ton père ne décolle pas vraiment et ce malgré un contexte plutôt favorable. En effet, il bénéficie d'une incontestable cote d'amour auprès des médias. La radio, en particulier, ne manque pas de programmer chacun de ses nouveaux enregistrements. À RTL, Monique Le Marcis, une femme merveilleuse, une programmatrice comme on n'en trouve plus, lui fait la part belle. Dotée à la fois d'un goût très sûr et d'un rare sens de la chanson populaire, elle a flashé sur la voix de ton père et elle y croit depuis son tout premier 45-tours. Quant à la télévision, elle ouvre souvent les portes de ses studios à Joe. Fait rarissime, « Les Dalton » y ont bénéficié de quarante passages, un record ! Jacques Plait, mentor omniprésent et passionné, accompagne ton père lors de chacun de ses tournages, sur chaque plateau. À la fois très pro et très psychologue, il tente de le décomplexer face à la caméra que Joe redoute, à cause de sa légère coquetterie oculaire…

Jusque-là, ton père se contentait de présenter alternativement ses deux profils, ses deux côtés « pile », tandis que Jacquot se démenait pour qu'il montre aussi son côté « face » : « Joe, regarde la caméra ! » tonnait-il gentiment. Il avait fini par en tirer des postures plus télévisuelles, moins crispées. Jacques Plait, lui-même, savait payer de sa personne : pour ces mêmes « Dalton », ton père lui avait demandé d'être la voix du shérif et, ensuite, d'en jouer le rôle à chaque télé. Jacquot s'était exécuté, mais avec quel trac ! Le pauvre directeur artistique, devenu lui-même artiste, était totalement tétanisé. Et pourtant, lorsque aujourd'hui je revois les images et, en particulier, le scopitone tourné à la Mer de sable, je me dis que M. Jacques Plait était un sacré bon comédien !

Oui, le contexte est favorable, mais les ventes de disques ne suivent pas, ce qui signifie que le public n'« accroche » pas tout à fait. « Les Dalton », malgré une hyperexposition médiatique et un clin d'œil approbateur de René Goscinny dans un des épisodes de Lucky Luke[2], ne se sont vendus qu'à 80 000 exemplaires. Ce qui est, somme toute, très peu pour l'époque.

Le nouvel album : « Les deux mondes de Joe Dassin », ne semble pas vouloir rencontrer un succès autre que confidentiel. Il a pourtant des qualités : deux versions plus qu'honorables de standards américains : « My funny Valentine » et « St James infirmary blues », une très bonne – juste guitare-voix – de « The last thing on my mind », sans oublier « Les Dalton », bien sûr. On y trouve aussi

2. « Tagada tagada, nous voilà », chantent les quatre bandits !

ma première collaboration avec ton père en tant que compositeur : « L'ombre d'un amour » (bof !) ; l'adaptation des « Smokes », coécrite avec mon ami Gérard Gaillaguet : « Pauvre doudou » ; une pochade caractéristique de l'humour de Joe : « Tout bébé a besoin d'une maman », et un chef-d'œuvre, « Marie-Jeanne », qui reste une très grande chanson, authentique et bouleversante ! L'œuvre originale, « Ode to Billy Joe » de Bobby Gentry, n'a non seulement pas été trahie mais le couple d'auteurs Jean-Michel Rivat / Frank Thomas y a donné toute la mesure de son magnifique talent. Ce n'est pas une adaptation, c'est une transposition et cette histoire typiquement américaine est devenue, par la magie de leurs plumes conjuguées, une tragédie typiquement française. Tout concourt à la réussite de ce titre : l'orchestration de Johnny Arthey, la réalisation de Jacquot et l'interprétation, sobre, grave et sensible de ton père. Émotion !

Une autre création « mémorable » de Jean-Michel Rivat et de ton père doit figurer sur le disque : « Le bateau noyé ». Jacques Plait la déteste ! Joe, bien sûr, l'adore ! Elle a été orchestrée, enregistrée, mixée. Au moment du montage final, impossible de retrouver la bande ! Joe opére une fouille du studio, façon perquisition, rien n'y fait ! On n'a jamais retrouvé cette chanson. Jacquot a toujours prétendu, la main sur le cœur, qu'il n'y était pour rien. Je ne suis pas sûr que ton père l'ait cru. Va savoir où est engloutie cette petite ballade navale et navrante ! Pauvre Joe qui l'aimait tant, sacré Jacquot qui, peut-être…

Avec cette noyade manquée s'achève, pour ton père, une année 1967 pas encore décisive, mais riche en événements personnels et professionnels. Une première tournée, en américaine de Salvatore Adamo, suivie de nombreux galas un peu partout en France (y compris à Sainte-Agathe-en-Bouteresse !), un premier vrai succès populaire, la rue ayant adopté les « Dalton », un premier tube comme compositeur avec « Bébé requin » écrit pour France Gall. Une énorme présence médiatique et surtout un capital sympathie à la hausse de semaine en semaine. Dans un tout autre ordre d'idées, il y a eu, juste avant l'été, la guerre des Six Jours. Ton père a voulu s'engager pour combattre aux côtés d'Israël, mais le temps de faire les démarches, et le conflit était terminé…

1968, l'année de ses trente ans ! Joe est en pleine forme. Il fume certes beaucoup, abuse souvent du café, mais, à part ça, il reste sage, sérieux, bref il mène une vie saine. L'« équipe à Jojo » commence à se constituer, avec, bien sûr, Jacques Plait, son directeur artistique, une formation de quatre musiciens comprenant, entre autres, Jean Musy et Tony Harvey, un imprésario, Charley Marouani, un régisseur, Pierre Lumbroso, et des auteurs, Jean-Michel Rivat, Frank Thomas et moi… Bref, un team intime ! Une entreprise encore très artisanale.

Ton père est tout de même obligé d'engager une secrétaire, Nicole Aimable, la fille du grand accordéoniste, et un jeune étudiant en médecine, Jean-Pierre Durand, pour aider à dépouiller le courrier. À cette époque, nous nous retrouvons quelquefois, au 218 boulevard Raspail, afin de faciliter la tâche de notre chanteur et ami qui commence à comprendre ce que fan veut dire ! Les lettres sont nombreuses et nous les lisons consciencieusement. Cela va du pathétique appel au secours (« Si vous ne me prêtez pas 1 000 francs, ma vie est finie… ») à la simple et traditionnelle demande d'autographe, parfois affublée d'une étrange orthographe : « Pouvé-vous m'envoyé une photo d'Eddy cassé ? » Nous déchiffrons, trions. Le mot qui revient le plus souvent sous la plume des fans est « sympathique » et c'est exactement ça : ton père est sympathique, l'ambiance dans laquelle tout cela baigne l'est aussi. Joe répond personnellement aux lettres les plus personnelles. En ce qui concerne les autres, ils reçoivent une photo signée… par Nicole Aimable, dont la première tâche a été d'apprendre à imiter la signature de son patron, comme toute secrétaire de vedette qui se respecte. Oui, tout cela reste vraiment artisanal.

Février voit l'élaboration d'un nouveau 45-tours : les anarchistes français de « La bande à Bonnot » succèdent aux bagnards yankees de l'année précédente. Sur un tango très « années folles » composé par ton père, la verve humoristique de Rivat – Thomas se débride encore joyeusement :

Les banques criaient : « Misérables !…
Quand s'éloignait le bruit du puissant moteur,
Comment rattraper les coupables
Qui fuyaient à toute allure : à 35 à l'heure ?…

C'est d'une pseudo-désinvolture délicieuse ; en fait, on n'est pas très loin de Trenet. Le « fou chantant », d'ailleurs, interprétera trois ans plus tard « Les Champs-Élysées » dans une soirée consacrée à ton père par Guy Lux. Mêmes causes, mêmes effets : gros succès radio, beaucoup de télés, peu de ventes. La relation entre Joe et le public est-elle destinée à rester platonique ?

Trois mois plus tard, Nanterre et la Sorbonne s'enflamment. Le Quartier Latin se dépoussière, se dépave. La classe politique perd son latin, les CRS ne font pas de quartier, les étudiants font l'amour et la guerre dans la même ivresse libertaire. Les enfants du baby-boom font les enfants des amphis. Le duo Joe/Maryse fonctionne sans fausse note et les deux tourtereaux se donnent du « mon bébé... » à toute heure. Ils viennent d'emménager 28, rue d'Assas, comme s'ils avaient souhaité se trouver au cœur des événements ! Les anars soixante-huitards ont plutôt la sympathie du créateur de « La bande à Bonnot ». Joe fréquente les meetings, écoute et prend même parfois la parole. Les idées généreuses y côtoient les élucubrations pas gênées : comme cet hurluberlu barbu, genre doublure pour directeur de MJC, qui propose un soir qu'on mutualise les droits d'auteur ! Chacun toucherait strictement la même chose à chaque répartition, qu'il soit Georges Brassens, Henri Dutilleux ou l'obscur compositeur de deux chansons pour la kermesse annuelle d'Issoudun (... et je n'ai rien contre Issoudun !). Mais, en gros, Joe est plutôt d'accord. Cela ne l'empêche pas de s'amuser franchement lorsqu'il voit, un jour, quelques CRS féroces, casqués, matraques à la main, à la poursuite de l'« ennemi » étudiant, quitter brusquement leurs masques patibulaires en passant devant lui et arborer un immense sourire placide en le pointant du doigt : « Oh ! Joe Dassin !... »

Ton père, désormais propriétaire d'un cinquième avec ascenseur, m'a proposé de « squatter » sa chambre de service. Un loyer en moins à payer, quand on n'a pas un rond, ça ne se refuse pas ! Et puis cela me permet aussi de me rapprocher de lui...

Joe continue à soutenir le mouvement estudiantin. À l'époque, il pense et penche plutôt à gauche, autant par tradition familiale que par conviction personnelle. Il a donc suivi le mot d'ordre et fait la grève des galas. Quant à moi, qui suis dans la dèche absolue, j'accepte un jour de chanter à Romorantin, avec Lionel Rocheman, Alan Stivell et Steve Waring ! Salle vide : nous sommes le 24 mai et c'est le soir où de Gaulle fait son discours radiophonique : « ... Je ne me retirerai pas !... » Aller-retour très pénible en voiture (où Lionel a-t-il trouvé de l'essence ?) et tout ça pour 100 francs ! Il le fallait cependant : le matin, je n'avais plus que 13 centimes en poche, même pas de quoi m'offrir un café.

Le lendemain, n'ayant dormi que quatre ou cinq heures, je descends prendre le petit déjeuner dans le salon douillet des Dassin. Joe : « Où étais-tu, hier soir, on ne t'a pas vu ? – Je chantais à Romorantin ! » Alors, ton père, sans humour, me lance entre deux gorgées de café et deux cuillerées d'œuf à la coque : « Mais tu es un jaune… Tu as brisé la grève ! »

« La fleur aux dents »

Mai 68 a fait long feu. Chacun, selon la phrase sublime de Nougaro, est rentré « CHEZ son automobile ». Après quelques belles utopies, « Sous les pavés, la plage », tout s'est remis à tourner, y compris les tournées. Ton père, début juillet, a pris la route avec, dans sa valise, toujours la chemise rouge, le gros ceinturon et le pantalon noir pour son premier été itinérant de vedette. Le plateau est copieux : outre Joe, Georgette Lemaire, Michel Fugain, Vava, future chanteuse du Big Bazar, et quelques autres, plus ou moins débutants.

Or, même si la « Mireille Mathieu sans Johnny Stark » connaît un gentil succès populaire, c'est ton père qui fait incontestablement venir le public. Son palmarès est déjà riche de quelques belles réussites telles que « Bip Bip », « Guantanamera », « Ça m'avance à quoi », « Comme la lune », « Excuse me lady », « Les Dalton », « Marie-Jeanne », et, à présent, « Siffler sur la colline » qui l'a porté sur les sommets. De quoi réjouir les travailleurs provinciaux et les citadins en vacances qui vont remplir tous les soirs salles et chapiteaux.

Joe m'a raconté que le premier jour de la tournée, Georgette Lemaire, en proie à je ne sais quelle pulsion vaniteuse, est venue le trouver en lui expliquant très sérieusement qu'étant tout de même beaucoup plus connue que lui, c'était à elle que revenait le redoutable privilège d'assurer la seconde partie et, par conséquent, de finir le spectacle. « Il n'y a pas de problème, a répondu ton père, entre deux bouffées d'un cigare vaguement ironique, je terminerai la première partie. » Le soir du spectacle, l'inévitable se produit : les chaises pleines jusqu'à l'entracte se vident peu à peu entre les deux parties et, pis, pendant le récital de la jeune goualeuse... On se croirait au jardin du Luxembourg après une averse. « Des millions d'amoureux » et même « Vous étiez belle, madame » de mon ami Pascal Sevran n'y changent rien, une bonne moitié de la salle est rentrée « CHEZ son automobile » ! Le lendemain, mine de rien, Georgette Lemaire va trouver ton père dans sa loge et lui déclare, tout aussi sérieusement que la veille, que pour le bon équilibre du spectacle il vaut mieux finalement qu'il le termine : « Il n'y a pas de problème, réplique Joe, imperturbable, j'assurerai la seconde partie ! » Ainsi sera-t-il fait jusqu'à la fin de la tournée, pour le plus grand plaisir du public heureux d'assister à un gala aussi « équilibré » !

C'est au cours de ces deux mois d'été chantant que nous avons eu l'occasion de découvrir sur plusieurs affi-

© Photos : DR

▲▼ *« Ton père entame tout juste sa deuxième dizaine d'années lorsque le sien, accusé par le triste maccarthysme de sympathies communistes, doit s'exiler en Europe avec toute sa famille. » (p. 16)*

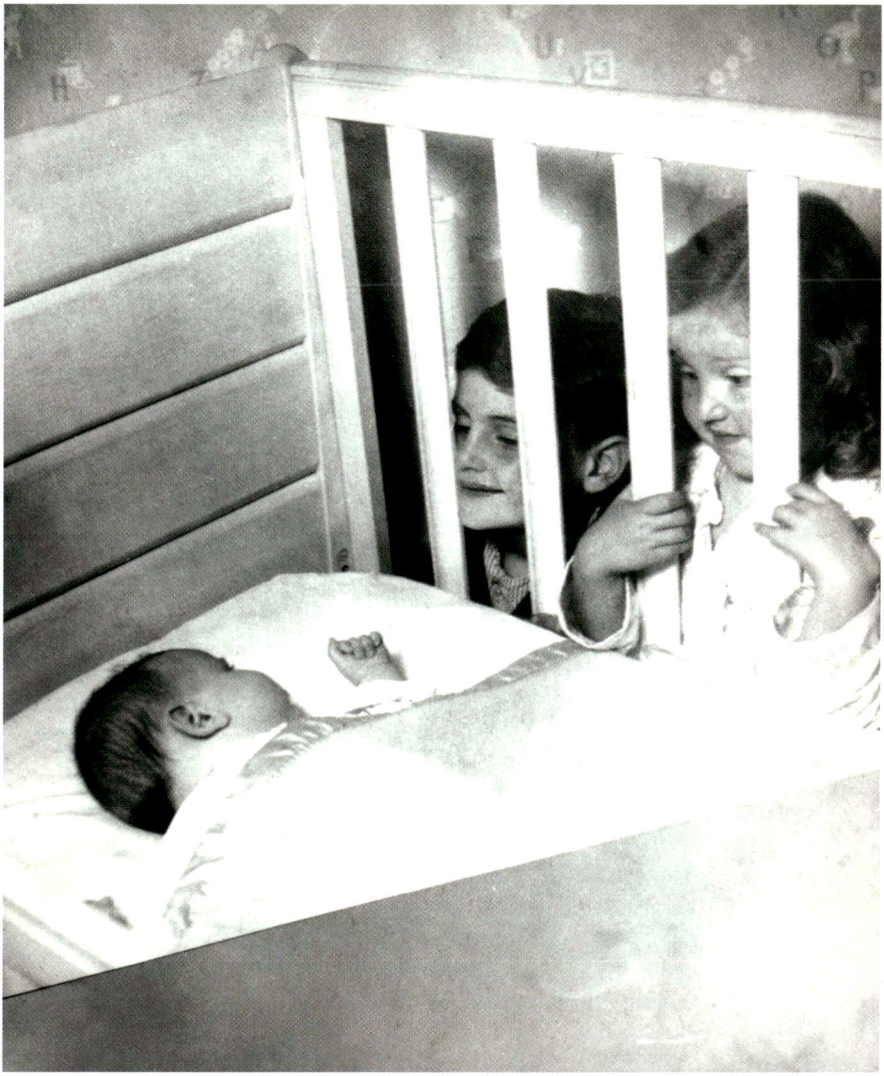

▲ « *Entre temps, deux sœurs sont nées : Ricky d'abord, puis Julie.* » *(p. 16)*

◄ « *Le petit Joseph Ira Dassin est né le 5 novembre 1938 à New York. [...] La carte du ciel a été tendre avec le petit scorpion américain.* » *(p. 15-16)*

➤ *« Sur le vieux continent, Joe va faire de bonnes études ici et là, en Suisse, en France. Il passe son bac à 16 ans à Grenoble. » (p. 16)*

« […] puis il repart aux États-Unis, en froid avec le cinéaste paternel qui a délaissé sa maman pour une actrice magnifique et ravageuse : Mélina Mercouri. » (p. 16) ➤

➤ *« Joe, déjà bon guitariste, se découvre une voix et chante avec un de ses copains […] dans un boui-boui yankee, perché sur une échelle. »* *(p. 16)*

➤ *« Rentré en France, […] il se marie, le 18 janvier 1966, à 27 ans, avec Maryse Massiera, une femme adorable […], une perle trouvée avant l'heure par ce futur Polynésien de cœur. » (p. 17)*

« Il avait des atouts : grand, de l'allure, du charisme. Ce qu'il est convenu d'appeler de la présence, cette inexplicable et indispensable aura. » (p. 154) ➤

© Keystone

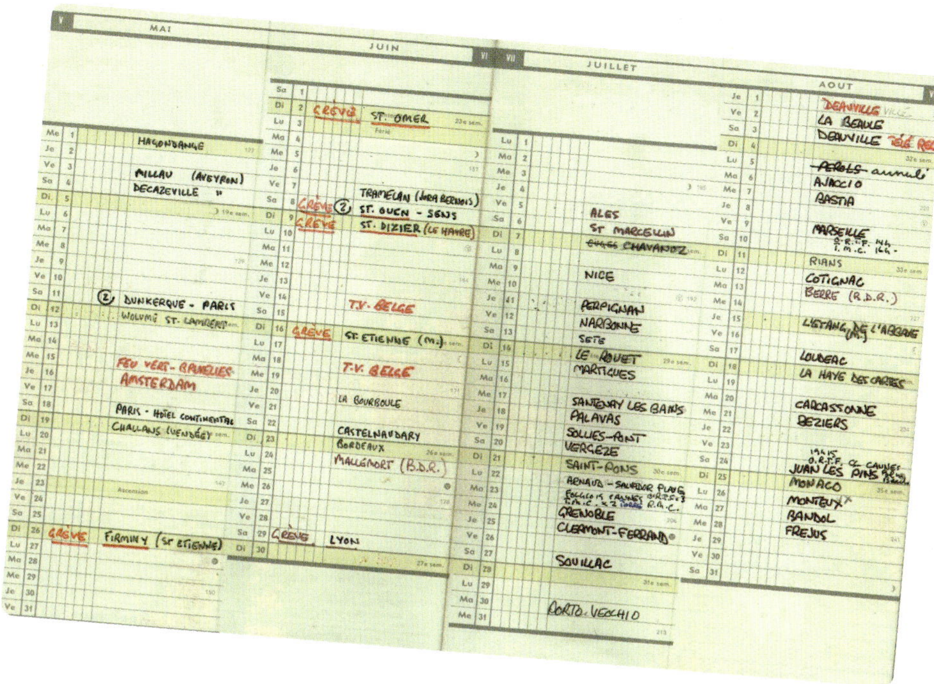

➤ *« Mai 68 a fait long feu […] Après quelques belles utopies, […] tout s'est remis à tourner, y compris les tournées. Ton père, début juillet, a pris la route […] pour son premier été itinérant de vedette. » (p. 47)*

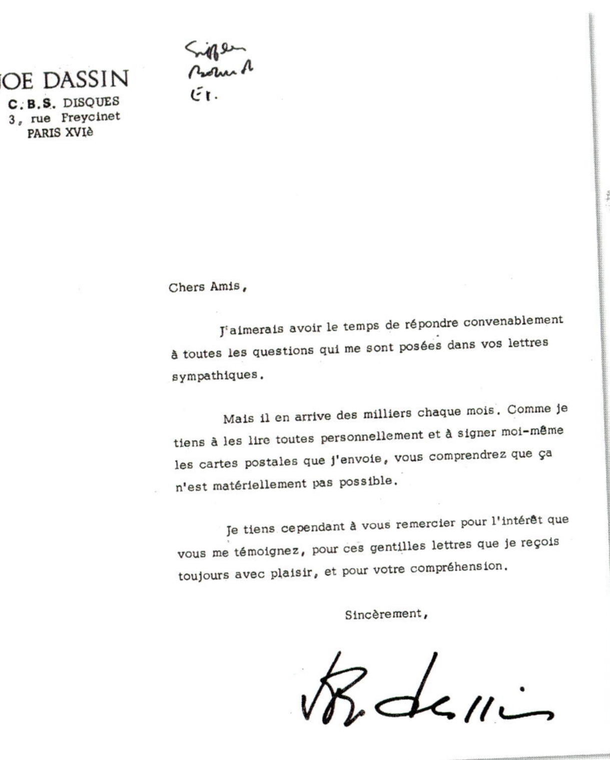

JOE DASSIN
C.B.S. DISQUES
3, rue Freycinet
PARIS XVIè

Chers Amis,

J'aimerais avoir le temps de répondre convenablement à toutes les questions qui me sont posées dans vos lettres sympathiques.

Mais il en arrive des milliers chaque mois. Comme je tiens à les lire toutes personnellement et à signer moi-même les cartes postales que j'envoie, vous comprendrez que ça n'est matériellement pas possible.

Je tiens cependant à vous remercier pour l'intérêt que vous me témoignez, pour ces gentilles lettres que je reçois toujours avec plaisir, et pour votre compréhension.

Sincèrement,

« Joe répond personnellement aux lettres les plus personnelles. En ce qui concerne les autres, ils reçoivent une photo signée… par Nicole Aimable, dont la première tâche a été d'apprendre à imiter la signature de son patron, comme toute secrétaire de vedette qui se respecte. » (p. 43) ➤

➤ *« Autour de lui, les beautés tourbillonnent, mais il n'a d'yeux que pour l'une d'entre elles et, le punch aidant, ses idées, pour rester claires, commencent certainement à devenir moins honnêtes. Je pense à Maryse, son épouse, qu'une grossesse difficile a contrainte à rester en France. Aïe ! La demoiselle au déhanché sublime va être l'occasion d'un bon coup de canif dans le contrat. » (p. 25)*

« Est-ce la mort de Joshua, son fils qu'il attendait avec impatience [...]. Ce drame le plonge dans une profonde dépression [...]. Il faut vivre cependant, survivre à cette épreuve. Joe est à la veille d'un nouvel Olympia et il va y consacrer tout son désespoir. » (p. 95-96)

ches à Carcassonne, où Joe se produisait, une coquille qui le fit mourir de rire. Un spectacle réunissait la chanteuse Gloria Lasso et un visuel genre western, Mark Taynor. L'organisateur, peu averti, annonçait triomphalement : « Mark Taynor et son Glorieux Lasso ». Ce genre de lapsus avait le don de mettre ton père de bonne humeur comme cette autre affiche confondant l'orchestre de Joe avec une de ses chansons et qui incitait royalement le bon peuple à aller voir « Joe Dassin accompagné par ses fameux Dalton »... À vrai dire, tout cela n'était que peccadilles à côté d'un encart découvert quelques années plus tard dans une feuille de chou locale : « Samedi soir prochain, à 21 heures, grand gala à la salle des fêtes de... avec, en vedette, le frère du trompettiste de Joe Dassin » ! Il ne s'agissait pas d'une bourde ridicule mais bel et bien d'une arnaque. Je m'explique : « le frère du trompettiste » était écrit en tout petits caractères et Joe Dassin en énormes majuscules... !

Fin de l'été 68. Joe a définitivement conquis son public et jouit d'un vrai succès. Rupture sentimentale pour moi. La rentrée se présente différemment pour chacun de nous deux. D'autant plus que la première feuille qui tombe cet automne-là émane des autorités militaires : l'armée française, qui n'en finira jamais de m'étonner, a besoin de moi ! Je suis invité à faire connaissance le 5 septembre au matin avec Belfort, charmante bourgade de l'Est de la France, aussi souriante que le lion du même roc !

Je fais donc des adieux provisoires à ton père et à Maryse, rue d'Assas. « Je t'écrirai », dis-je à Joe. En vérité, il compatit mollement à ma détresse de néo-bidasse, préoccupé qu'il est par son néo-vedettariat. Le moins qu'on puisse dire, c'est qu'il n'a pas le regard fixé sur la ligne bleue des Vosges : avant même d'être parti, je suis déjà remplacé. Ton père a fait appel, très naturellement du reste, à l'auteur de chansons numéro un de l'époque – il va le rester longtemps ! –, Pierre Delanoë. Cette valeur sûre doit pallier les défections de Jean-Michel Rivat et Frank Thomas, fâchés avec Joe et Jacques Plait, pour une raison que j'ignore encore, et la mienne, due aux yeux doux de la grande muette !...

La première collaboration entre l'ex-inspecteur des finances Pierre Delanoë et le docteur en anthropologie Joe, est une réussite : « Ma bonne étoile », première au hit-parade à l'époque mais aujourd'hui oubliée. En revanche, la suite va être tout simplement incroyable : « Le petit pain au chocolat », « Les Champs-Élysées », « Le chemin de papa », « Mon village au bout du monde », « Le Portugais », « C'est la vie, Lily », « Billy le Bordelais », « L'Amérique », « Cécilia », autant de petits bijoux, différents les uns des autres, des succès mémorables, tous signés par cet excellent tandem.

J'entends, entre deux reptations dans les boues belfortaines, les succès de ton père à la radio. La rue d'Assas semble être le bout du monde et les nouvelles que j'en ai de temps à autre au téléphone, ou grâce au vaguemestre, ont un ton de plus en plus neutre... Loin des yeux, loin du cœur ! Le régiment entier est évidemment au courant de mes activités civiles et les réactions vont du mépris le plus militaire : « Écrire des chansons, vous appelez ça un travail ?... », à la stupéfaction involontairement désagréable : « C'est vous qui avez écrit ça ? Pas possible !... » en passant par la curiosité godiche : « Dites-moi, Lemesle ? – Oui, mon adjudant... – Joe Dassin ? – Oui, mon adjudant... – On en parle souvent avec ma femme. – Vous avez raison, mon adjudant. – Est-ce qu'il louche ? – Une cigarette, mon adjudant ? »

Pendant que je crapahute, ton père ne sait plus où donner de la voix : scènes, interviews, télés, radios, premières, avions (en première), etc. Et puis, événement considérable dans sa vie artistique : Joe change de look. C'est Jacqueline Salvador, l'épouse de notre cher Henri qui, le voyant habillé tout en blanc lors d'une émission des Carpentier, lui déclare avec son autorité péremptoire et souriante : « Joe, tu es superbe ! Tu dois désormais t'habiller comme ça ! » Ton père qui, naguère, aurait parié sa chemise que l'habit ne fait pas le moine, l'a intelligemment écoutée, conforté par Maryse, sa femme clairvoyante.

Juillet 1969. Plus que trois mois et demi à tirer. J'ai demandé à mon colonel une permission afin d'aller voir ton père qui se produit à Colmar. Je me dirige timidement vers l'entrée des artistes. À ma grande surprise, on me laisse passer. Je pénètre dans les coulisses. L'orchestre est déjà en place. Quelques signes de tête, quelques sourires compatissants en direction de mes cheveux courts ! Les musiciens s'accordent. Soudain, une immense silhouette blanche se dirige vers moi, flanquée de Maryse : « Salut Claude ! » Je reste là, sans voix, sidéré par cette apparition lumineuse. J'ai du mal à reconnaître ton père. Magique ! Joe, le costume blanc, quelle aura ! Il y a quelques mois, j'ai quitté une vedette, aujourd'hui, devant moi, se dresse une star.

« Le costume blanc »

Trois mois après cette apparition colmarienne et à 30 au jus, j'abuse à nouveau de la mansuétude du colonel de La Valette (père du 35e R. I. MECA) et j'obtiens – chose rare dans l'histoire des armées françaises – une permission pour cause d'Olympia. En octobre 1969, en effet, Bruno Coquatrix, directeur de salle avisé, installe ton père pour la première fois sur la scène du boulevard des Capucines. Honneur et bonheur de succéder à Bécaud, Piaf, Brel, Montand, Johnny, Marlène, Brassens et tant d'autres ! Joe n'a pas résisté à la tendre tentation d'emmener sa mère voir, la veille de la première, son nom briller en lettres de gloire sur la façade du music-hall. J'imagine le cœur qui s'emballe, l'émotion forte, un shoot de fierté.

Joe est prêt, porté par un succès immense et en pleine forme physique, bien que revenant de loin : au printemps, son palpitant s'est emballé d'une bien autre façon et le médecin a, dans un premier temps, diagnostiqué un infarctus. Moral genre mer morte ! À 30 ans, tu parles d'une nouvelle. Finis les efforts intenses, les douceurs écossaises, les cliquetis du briquet. Finie la vie, déjà ? Est-ce la punition du succès ?

Fausse alerte ! Ce soi-disant infarctus n'est en réalité qu'une péricardite due à un virus certainement peu mélomane. Ton père en a été quitte pour la peur et a pu préparer avec l'énergie du soulagement son premier passage chez l'ami Bruno.

Le Tout Paris est toujours là les soirs où l'on parie tout sur un soir… Ils sont donc tous là : bien des noms célèbres aujourd'hui oubliés, quelques inconnus aujourd'hui célèbres, quelques bons camarades qui attendent que Joe se casse la gueule, quelques grandes gueules qui ne demandent qu'à se laisser émouvoir. Le Tout Dérisoire, plus la famille et les amis et surtout le public. Le Public Tout, celui qui crie avec impatience et enthousiasme avant même que les projecteurs n'invitent la musique : « Arrive Joe !… »

Joe arrive. Comme ses cellules grises n'ont rien à envier à son costume blanc, ton père a eu l'idée assez géniale d'attaquer son tour avec « Les Champs-Élysées », son triomphe du moment. Et, dès le début, c'est gagné. Le spectacle est inventif, tonique, très pro. On y passe du rire à la tendresse, du pastel au pastiche et cela sans prétention, sans effet superflu, dans une sobriété rayonnante. Quelques trouvailles, entre autres : les chœurs grecs – ses trois danseuses voilées de noir – qui ponctuent chaque phrase du « Petit pain au chocolat », de larmoyants « Aïe aïe aïe aïe », répondant à l'avance aux critiques de « légèreté » par l'autodérision ; le numéro de lasso que ton père exécute en virtuose à la fin des « Dalton », le tango chaloupé que Joe offre à l'une de ses danseuses sur le pont de « La bande à Bonnot » et que saccade un éclairage stroboscopique. Le chanteur occupe la scène avec un charme ravageur et juste ce qu'il faut de maladresse pour convaincre en artiste et non pas en idole. Pour la première fois, sur mon fauteuil d'ami ému, je ressens intimement ce que Joe veut dire quand il affirme : « Je fais des chansons pour aider les gens à vivre. »

Le lendemain matin, les critiques sont excellentes, voire dithyrambiques. Je réveille ton père pour lui lire celle de *France-Soir* : « Crions victoire. Enfin une nouvelle vedette, Joe Dassin. Il y a de la graine de show-man à l'américaine dans ces 45 minutes de spectacle », et c'est signé Jean Macabiès.

Mais le plus beau cadeau l'attend un matin au courrier : une lettre de Brassens, celui qu'il place au-dessus de tout : « Paris, le 25 octobre 1969. Mon cher ami, je me réjouis de voir que le public t'a complètement adopté. Tu mérites ton succès qui va aller en augmentant de jour en jour. J'avais pensé à toi le soir de la première, mais je n'ai pas trouvé le temps de te faire un petit mot. Dieu merci, tu n'avais pas besoin de ça. Bravo ! Haut les cœurs et toute mon amitié. Georges Brassens. » Le grand

Georges est sincère. En effet, quelque deux ans auparavant, alors qu'il était cloué sur un lit d'hôpital par un caillou qui torturait ses reins, des amis venus lui rendre visite lui ont demandé ce qui pourrait lui faire plaisir. Il a répondu avec son bon sourire moustachu : « Apportez-moi "Les Dalton" de Joe Dassin. »

Ton père est comblé. Ces quinze jours sur la Rive Droite vont être du baume au cœur de cet angoissé chronique. Devenir star l'a-t-il changé ? Difficile à dire. Qui peut pénétrer les âmes ? À le fréquenter au quotidien, rien ne semble en apparence avoir altéré sa personnalité si attachante. Mais ton père est trop fin pour se laisser griser par les fumées futiles de la gloire. La grosse tête est affaire de médiocres. Les têtes solides n'ont pas besoin d'enfler. Un peu plus d'assurance en surface, mais au fond, beaucoup plus d'inquiétude. Il faut assumer ce nouveau statut de vedette, assurer. On n'est pas populaire impunément.

Ton père est suroccupé, submergé de propositions inhérentes à sa nouvelle position. Mais il s'est sagement entouré d'un staff solide : un imprésario net, honnête et humain, celui de Brel et de tant d'autres : Charley Marouani. Un tourneur du même tonneau : Georges Olivier. Un directeur artistique talentueux : Jacques Plait. Un attaché de presse, grand spécialiste de la télé : Robert Toutan. Un grand musicien pour ses orchestrations : Johnny Arthey... Et puis, n'oublions surtout pas Maryse, effacée et efficace, qui s'est résignée au vedettariat de son intellectuel de mari. Maryse qui cire les bottes, peaufine le brushing, tend le peignoir final où la vedette conjugale éponge la sueur des tréteaux. Dans l'ombre, elle couve son squatteur de sunlights. Ton père, échaudé par la désaffection du public pour Adamo qui a eu l'imprudence de médiatiser son mariage, la présente comme sa secrétaire. Elle l'accepte, résolument résignée et complice.

Quant à moi, je regagne mes pénates des Vosges avec un mois encore à tirer dans ma chambrée militaire. En décembre, enfin, je rentre à Paris avec la boulimie d'un enfant débarrassé de sa marâtre. Il faut rattraper le temps perdu. Je rappelle Ricky, ta tante, avec laquelle j'ai concocté avant mon devoir militaire « Le temps des œufs aux plats » dont Joe a fait la face B du « Petit pain au chocolat ». Nous recommençons à travailler ensemble. Delanoë est le roi du monde, Joe lui confie tous ses textes ! Normal. Sans nous décourager, Ricky et moi essayons d'écrire pour ton père quelques pages plus ou moins bonnes. Rien de bouleversant. Nous butons, par exemple, sur une impossible adaptation en français de Stevie Wonder : « Ma chérie amour ». Va faire quelque chose d'intéressant avec un titre pareil !

Au bout de six mois, j'apporte enfin à Joe deux chansons qui me semblent valables : « Les filles que l'on aime » et « L'équipe à Jojo », dont j'ai écrit à la fois le texte et la musique. Il les refuse sans ménagement : « Je suis parfaitement capable d'écrire ce genre de mélodie.

Alors je ne vois pas pourquoi je te les prendrais !... » Je m'en retourne chez moi, à Issy-les-Moulineaux, mes deux chansons sous le bras, déçu, presque résigné !

C'est compter sans son directeur artistique. Une belle nuit d'août à Saint-Cézaire-sur-Siagne, les Plait nous reçoivent à dîner, Vava, mon épouse, et moi, sur leur belle terrasse qui domine la rivière. Une vraie soirée de paix et d'amitié. À l'heure des digestifs, soudain, Jacques me houspille gentiment : « Dis donc, qu'est-ce que tu fiches ? Ça fait longtemps que je n'ai pas entendu une de tes chansons !... Tu n'as rien de nouveau ? – Si ! – Montre !... ». Je vais chercher ma guitare dans le coffre de la voiture et lui chante les deux « bides » que j'ai pris auprès de ton père. Réaction immédiate du pied-noir inspiré : « Bon Dieu ! Ça fait deux mois que je cherche désespérément la suite de "L'Amérique" et c'est toujours difficile quand on a eu un gros tube ! Ça y est, je l'ai trouvée ! » Réponse penaude : « Il y a un seul problème. J'ai montré ces deux chansons à Joe, il n'en veut pas ! » Alors Jacques, hors de lui : « Il est fou ! Quel con ! » Puis, après quelques secondes abandonnées aux cigales : « Ne t'inquiète pas, j'en fais mon affaire ! »

Jacques va tanner Joe jusqu'à ce qu'il m'appelle un jour, de guerre lasse : « Viens. Je veux réentendre ce que tu m'as montré au printemps dernier. » Après un travail quotidien de deux mois où j'ai noirci plus de deux carnets, Joe part pour Londres en me disant : « "L'équipe à Jojo" sera la douzième chanson du disque et "La fleur aux dents" (qui deviendra "Les filles que l'on aime"), la chanson de secours. Au retour d'Angleterre, « La fleur aux dents » est devenue numéro un et « L'équipe à Jojo » numéro deux. Merci Jacquot !

Le disque sort. Numéro un sur toutes les ondes, dans tous les hit-parades. Numéro un partout ! Joe, qui doutait de moi, est fier d'avoir découvert l'auteur qui lui permet de poursuivre sa carrière. Moi, je reste émerveillé qu'il m'ait permis de commencer la mienne.

« On s'en va »

« Devine ce que vient de me demander Philippe Bouvard… » Ton père me regarde, satisfait de ma perplexité. Maryse sourit. Je n'ai évidemment pas la moindre idée de la question qu'a pu poser l'excellent journaliste-animateur à Joe. Il n'a jamais manifesté énormément de respect pour la chanson populaire et manque rarement une occasion de la brocarder. Chacun ses goûts, mais ce qu'il a pu proposer à Joe, ça, franchement, je n'en ai pas la moindre idée. Je donne donc ma langue au chat Wolfgang, un superbe angora qui traîne souvent sur le bureau de ton père, sans aucune espèce de respect, ni pour notre travail ni pour Cléo, la chatte noire, bien plus ancienne dans la place : « Il m'a laissé choisir l'endroit où je souhaite faire mon prochain "RTL non stop" ! »

« RTL non stop » était une émission de radio qui avait lieu tous les jours, à peu près à l'heure où sont diffusées aujourd'hui « Les grosses têtes ». Bouvard l'animait avec son ironie bonhomme, son esprit et sa grande culture, autour d'une vedette invitée. Généralement, cela se passait au Grand Studio, mais là, le cher Philippe avait envie de bouger et s'en remettait à Joe.

« Devine quel endroit j'ai choisi... », lance ton père en lapant, devant le chat dégoûté, une grande rasade de café. Je m'interroge, essaie de faire preuve d'imagination. Un restaurant trois étoiles ? Non, trop chic ! Le Parc des Princes ? Pas encore à la mode... Tahiti ? Trop loin. Le Luxembourg ? Trop près, et puis, trop évident, RTL au Luxembourg... J'abandonne une deuxième fois ma langue à la peluche vivante. Alors, ton père, triomphant : « Dans un lycée de jeunes filles !... »

Effectivement, c'est une surprise. Joe présente ça comme une bonne blague, avec la complicité tacite de Maryse, mais cela prouve, tout de même, que l'attrait qu'il exerce sur les demoiselles ne le laisse pas indifférent... Normal, après tout ! Se découvrir séducteur, après avoir tant douté de soi, ne doit pas être désagréable.

« Et vous avez choisi quel lycée ?

– Fénelon ! »

Fénelon, précepteur des enfants royaux, auteur du fameux *Télémaque*... Ça me rappelle quelques vagues souvenirs de khâgne mais ça va bientôt m'en rappeler d'autres... Quelques jours plus tard, nous voici donc, comme l'aurait chanté Georgius : « Au lycée Fé Fé, au lycée Fé Fé, au lycée Fénelon... » L'après-midi est ensoleillé, les tilleuls scolaires bourgeonnent, l'établissement est paisible, le préau bruisse d'une attente un peu fébrile.

Quelques notes de musique, puis Philippe Bouvard s'empare du micro pour annoncer l'artiste. Le brouhaha s'intensifie. Jusque-là, rien d'étonnant. L'orchestre attaque, Joe commence à chanter, mais sa voix, à peine audible dès le début du morceau, est bientôt couverte par des vociférations, des cris, des slogans !

Ton père s'arrête, se demande tout d'abord ce qui se passe puis, réalisant très vite ce à quoi il a affaire, invite les excités à se calmer en tentant de leur expliquer que les musiciens sont aussi des travailleurs et que ces manifestations intempestives sont une entrave à leur liberté. Évidemment, les trublions s'en tapent comme de leur première colle, et les quolibets fusent de plus belle. Joe, intelligemment, demande s'il y a quelqu'un dans l'assistance qui souhaite s'exprimer. En effet, un hurluberlu se lève, un prof de philo qui prend le micro et se lance dans une diatribe ubuesque de soixante-huitard attardé (déjà !). Tout y passe : la radio commerciale, l'intrusion inadmissible de la publicité dans un établissement d'enseignement public. Une banderole se déploie : « Joe Dassin en Amérique ! » Subtil !

Bref, la fête est gâchée à cause d'une toute petite poignée de lycéennes circonvenues par un prof qui a oublié l'étymologie du mot philosophie. Ton père est déçu. Beaucoup de jeunes filles aussi, dont certaines viendront, quelques heures plus tard, sonner à sa porte pour lui jurer que les contestataires étaient minoritaires ! Une manifestation bon enfant, une heure et demie de musique partagée avec un homme agréable, foutues en l'air par la stupidité prétentieuse d'un faux anar, d'un aigri qui veut faire l'important... Cher La Fontaine, contemporain de Fénelon, combien de grenouilles s'enflent-elles encore d'ambitions bovines ? Ton père ne récidivera jamais. Il fera désormais de la radio dans les studios, ce qui semble, après tout, raisonnable. Il se promet de ne plus remettre les pieds dans un lycée que lorsqu'il aura lui-même des enfants.

On ne peut pas dire, d'ailleurs, qu'il cultive la relation idole-minettes. Alors que des dizaines de jeunes fans trépignantes attendent, chaque jour de chaque été, Claude François devant ses hôtels, aucune effervescence ne se manifeste autour de Joe. Il peut sortir tranquillement du Negresco ou du Martinez, sans provoquer la moindre manifestation d'hystérie, pas la moindre émeute, ni le moindre émoi ! Le type normal qu'il tient à rester gagne normalement sa voiture et poursuit normalement son métier de « distracteur » public, comme il se plaît à le dire lui-même.

Tout juste, de temps en temps, s'étonne-t-il de quelques agissements étranges d'admiratrices comme ces deux femmes, la mère et sa fille sans doute, qui ont recueilli pieusement dans un sac plastique les mégots des cigarettes qu'il avait fumées... Loin de le flatter, ce genre de comportement l'énerve ! Il a déjà du mal à comprendre qu'on lui demande un autographe, alors qu'on vienne piquer les cadavres de ses clopes !

Gentil, sympathique, charmant... Ces adjectifs fleurissent sans cesse dans le courrier qu'il reçoit. C'est vrai, ton père n'est ni méchant, ni antipathique, ni désagréable. Il a, cependant, une image qu'il trouve un peu trop lisse, un peu aseptisée... Est-ce pour essayer de la rectifier que nous entreprenons, ta tante Ricky et moi, d'écrire au printemps 1971 « Fais la bise à ta maman », qui doit être le 45-tours de l'été ? Peut-être... Toujours est-il que, sur un rythme folk et un accompagnement de banjo qu'il a concoctés lui-même, nous tentons de lui faire camper un personnage cynique qui renvoie une jeune fille dans ses foyers, avec une jubilation tout sauf compatissante :

Le car est sur la place,
Ne me le rate pas,
Prends un porteur pour tes bagages
Et quand tu s'ras là-bas,
Fais la bise à ta maman...

En réalité, c'est complètement à côté de la plaque. Joe est incapable de jouer les méchants et personne n'y croit. D'ailleurs, Ricky et moi ne sommes pas allés non plus au bout du texte, coincés par la musique trop « sautillante » et le tempérament de ton père qui n'est définitivement pas fait pour le costume de Don Juan. Qu'il me suffise de te dire que le passage cité est sans doute le plus « cynique » de la chanson et tu auras une idée du reste ! Non, c'est un ratage, il faut l'avouer ! Notre tentative pour durcir l'image de Joe capote et n'apparaît dans les hit-parades qu'en fonction de la vitesse acquise.

Non seulement « Fais la bise… » n'a pas réussi à présenter Joe sous un jour moins « soft », mais auprès des professionnels, ce titre est passé pour une page un peu « cucul ». Quant au public, il n'a pas compris l'intérêt du projet… à juste titre. Allons, décidément, ton père n'est doué ni pour séduire les minettes scolaires sous les « tilleuls verts des promenades », ni pour créer des attroupements gloussants de fans estivales, et encore moins pour jouer les machos larguant des fiancées éperdues. Va pour « gentil, sympathique, charmant… ». Il n'y a tout de même pas de honte à ça !

Sur la lancée des énormes tubes des années passées, la tournée d'août 1971 est un triomphe. Ton père commence par « C'est bon l'amour » – ma première collaboration avec Pierre Delanoë – et termine, évidemment, par « L'Amérique » où, quelques mois auparavant, les lycéennes de la rue Saint-André-des-Arts l'invitaient à se rapatrier. Lionel Rocheman, qui dirige toujours, boulevard Raspail, le Hootenany où j'ai connu ton père, nous rejoint un soir et apprécie, en connaisseur, le tour de chant de Joe. Tous deux ont été les témoins de mon mariage : ton père, celui de Vava, et Lionel, le mien. Aucun des deux ne soupçonne alors que mon couple n'en a plus pour longtemps.

Ah ! Les tournées d'été de « ces années-là », les seventies. Les haltes obligées : Les Réganeous, près de Montpellier, le Moulin de Mougins, le Martinez à Cannes, les chapiteaux, les arènes, les théâtres antiques ou de verdure, des foules, parfois, de 15 000 spectateurs, des étapes courtes et souvent gastronomiques, des stars qui se croisent sur la Croisette : Johnny, Sardou, Joe, Cloclo, tant d'autres... Des nuits arrosées dans des guinguettes d'où l'on ressort de guingois, voire déglingués ! Les rencontres aussi, comme celles de Carlos, en ce mois d'août 1971 aux arènes de Béziers, qui entre dans ma vie pour ne plus en sortir, comme celle, trois ans auparavant, du merveilleux Boby Lapointe, à Pézenas, dans sa maison familiale, soleil et vin rosé... Boby, miraculeux jongleur de verbe, dont on vante trop volontiers la virtuosité et dont on oublie trop souvent la tendresse, l'épaisseur humaine et tragique :

Tic-tac-tic-tac
Ta Katie t'a quitté
Tic-tac-tic-tac
Ta Katie t'a quitté
Tic-tac-tic-tac
T'es cocu qu'attends-tu ?
Cuite-toi t'es cocu
T'as qu'à, t'as qu'à t'cuiter,
Et quitter ton quartier
Ta Katie t'a quitté, etc.

Boby, une des deux grandes admirations de Joe en matière de chanson, un artiste magnifique qui tirera sa révérence en 1972, à l'âge de 50 ans !

Oui, une belle tournée 1971 mais à l'automne, Jacquot me confie, avec toute son expérience et son sens profond du métier : « Tu sais, Claude, lorsqu'un artiste aborde une pente descendante, comme c'est le cas dans beaucoup de carrières, on sent toujours, quelques mois auparavant, comme un frémissement négatif. J'espère me tromper, mais je me demande si ça n'est pas en train de se produire pour Joe ! »

« À chacun sa chanson »

En cet automne 1972, nous sommes installés face à face, ton père et moi, dans son bureau spacieux, tout de bois vêtu, de la rue d'Assas. Les cerveaux fument et le cendrier ne désemplit pas. Voilà une ou deux heures que je bute sur la même phrase et que Joe, placide, patient, me refuse toutes les formules que je lui propose.

Maryse, de temps à autre, fait une apparition discrète et renouvelle les cafés. Par la fenêtre ouverte, on entend les cris des gamins qui jouent, cinq étages plus bas, dans la cour de récré de l'école toute proche. Mais pour moi, pas question de pause ! Joe est un doux tyran qui sait ce qu'il veut et j'imagine qu'il ne lâchera pas avant que j'aie trouvé : « Cherche, Claude, cherche, dans le nirvana des chansons, la phrase existe ! » C'est possible, mais elle est sacrément bien planquée ! Il est grand, ce putain de nirvana !

Joe mâchonne son cigare, fait des mots croisés, faute de croiser les miens, gratte sa guitare, joue aux fléchettes.

Il est confiant, il sait qu'il finira par tirer de son jeune auteur la phrase qu'il espère. En attendant, j'encaisse quelques réactions définitives : « C'est cucul, c'est mignon, trop banal ! Cherche, mon grand ! » Joe, malgré nos sept années de différence, est assez paternel avec moi. Du haut de son mètre quatre-vingt-cinq myope, il ne me passe rien mais m'encourage avec tact. C'est comme si j'avais, en permanence, une main sur mon épaule…

Les bruits de l'école se sont tus… Le soir d'automne diffuse dans l'antre de travail une lumière discrète, Wolfgang, le chat familial, ronronne sous les caresses de son maître enfin satisfait. La voix de ton père va pouvoir graver les mots qu'il espérait :

Allons, petite, il faut partir,
Laisser ici nos souvenirs,
On va descendre ensemble si tu veux
Et, quand elle va nous voir passer,
La patronne du café
Va encore nous dire : Salut les amoureux…

Quelques jours plus tard, « Salut les amoureux » a enfin goûté aux douceurs du point final… Ricky et moi l'avons peaufinée pendant des heures, sous l'œil vigilant et intraitable de Joe. Un autre défi nous attend. Jacquot, dont le pif est infaillible, a dégoté une sorte de mélodie « boum boum » d'un groupe allemand à côté de laquelle « Il est des nôtres » est un chef-d'œuvre de délicatesse. Joe, devant l'insistance de son directeur artistique, a dû se résigner à l'accepter, mais il a bien évidemment posé ses conditions aux auteurs : interdiction absolue d'être vulgaire, primaire, obligation d'écrire en peu de mots, sur une musique désolante, un petit bijou. Ricky et moi nous regardons stoïques : il est fou ! Cerise sur le challenge, il faut impérativement respecter les sons de la version originale :

La di li, la di lo, every people come and go
La di lo, la di li, come on children sing with me.

Bref, d'un truc bête, faire un truc béton. À bon entendeur, salut ! Ton père, grand spécialiste de la quadrature du cercle, a décidé d'aller de plus en plus loin dans la torture de la géométrie. Je rentre chez moi, avenue Jean Moulin, dans mon appartement sans meuble, au premier étage d'un immeuble sur rue pavée. Comment allons-nous nous en sortir ? Je tourne et retourne dans ma pauvre cervelle vrillée par la rengaine allemande des dizaines d'idées, toutes plus lamentables les unes que les autres, mais respectant l'alternance des « i » et des « o » : « La di li, la di lo, la di lo, la di li ». L'horreur !

Ta tante et moi correspondons par téléphone, échangeant nos pistes et nos découragements. Enfin, après quelques jours aussi prolifiques que la Vallée de la Mort, je trouve une idée qui me semble réunir tous les paramètres imposés par ton père. Un petit refrain écologique avant la lettre et qui, somme toute, ne sonne pas trop mal :

Dans Paris à vélo, on dépasse les autos,
À vélo dans Paris, on dépasse les taxis…

Soulagé, presque heureux d'avoir concocté ces quatre vers sans prétention, j'attrape mon téléphone et appelle Joe : « Allô ? Je crois que j'ai trouvé. – Fais voir ! » Je m'exécute... Des hurlements saluent ma courte prestation. La voix de ton père tord l'écouteur : « C'est pas possible ! Jacques me demande de chanter une musique nulle et toi, tu m'écris des paroles débiles ! Vous êtes tous fous ! » Il raccroche. Je reste devant le combiné muet, désarticulé, tel un pantin lâché par son marionnettiste. Comme tous les auteurs ravagés par le doute, j'ai tendance à croire ceux qui trouvent plutôt mauvais. Là, cependant, quelque chose me dit que mon détracteur n'a peut-être pas tout à fait raison... Je reprends mon téléphone qui gît sous la table et compose le numéro de Jacquot le perspicace. Deuxième exécution de l'œuvre. Réaction diamétralement opposée : « C'est fabuleux ! Exactement ce qu'il faut, tu es un génie, Joe, évidemment, n'y comprend rien, etc. » Rasséréné, mais pas tout à fait rassuré, je laisse le bon Jacques faire son travail de sape habituel et, le lendemain matin, comme de bien entendu, ton père m'appelle, à peine penaud, tout juste aimable : « Tu fais quoi cet après-midi ? – Je travaille avec Ricky et toi, rue d'Assas. » Un mois plus tard, « Salut les amoureux » et « Dans Paris à vélo », rebaptisée par Joe « La complainte de l'heure de pointe » (pourquoi faire simple quand on peut faire compliqué !) sont en boîte.

Nous décidons de fêter en célibataires la sortie du disque. C'est une tradition ! Apéritif dans un bar de Saint-Germain... Un homme jeune, rougeaud, un peu hagard, interpelle ton père. C'est Richard Bohringer que personne ne connaît encore. Passablement saoul, très sûr de lui, il assène à Joe quelques méchancetés aussi gratuites qu'injustes : « Avec le père que tu as, tu n'as pas honte de chanter des conneries pareilles ? Tu galvaudes ton nom dans des niaiseries commerciales. À ta place, je ne pourrais pas me regarder dans une glace, etc. » Ton père est tétanisé, vert. Il peut à peine répondre, bredouille quelques mots puis, brusquement : « Viens, on s'en va ! » Nous faisons, en silence, le chemin qui nous sépare du restaurant où il a réservé. L'acteur éméché a fait mouche. Il a atteint, sans le savoir, sans même le vouloir, le talon d'Achille de l'artiste, réveillé sa terreur la plus profonde, la plus douloureuse, la plus noble : ne pas être à la hauteur. Ne pas être digne de ce public qui l'aime et pour qui, jour après jour, nuit après nuit, note après note, mot après mot, Joe tisse patiemment, consciencieusement sa carrière, sans le moindre mépris pour quiconque, sans la moindre indulgence pour lui-même. Richard, tu ne peux pas savoir comme tu lui as fait mal ce soir-là !

« Le chanteur des rues »

« J'ai découvert que la chanson existait, j'avais 16 ans. Ma mère était musicienne classique et tout ce qui était plus tard que Debussy, ça avait un côté hérétique. J'étais le vilain petit canard de la famille... Elle a mis un ou deux ans à s'habituer à la chanson et maintenant, elle est au courant de tout ce qui se passe... » Effectivement, Bea, ta grand-mère, s'était fait une tendre raison. L'ex-violoniste du grand Pablo Casals allait volontiers applaudir son fils chanteur et je la revois, au théâtre de verdure de Nice, tapant frénétiquement dans ses mains, au milieu des fans, ravie. Quant à ton grand-père Jules, il était fier de raconter l'anecdote suivante : lors des débuts de Joe, on disait volontiers du jeune homme « C'est le fils de Jules Dassin ». Un soir, à Cannes, il avait entendu quelqu'un s'écrier, en le désignant : « Regarde, c'est le père de Joe Dassin ! »

Non, ton papa n'était pas le « vilain petit canard de la famille ». Sa maman se souvenait avec émotion du petit garçon qui, à trois ans, chantait « Silent night » sans en oublier aucun mot et d'une voix si pure, très douce !... « Quand on partait à la plage dans la voiture familiale, me confia Joe, avec mon père qui a des lettres et ma mère qui a fait le Conservatoire, on chantait des chansons... » Nul rejet, donc, de la part des parents, bien au contraire... Et en ce qui concerne ses sœurs, pas plus de réticence : Ricky a écrit plusieurs dizaines de chansons avec ton père et Julie l'a accompagné en tournée et a même chanté : « Je suis amoureuse d'un pompier » (1967) et « Trouville » (1968), musiques composées par son grand frère...

Et lui ? Qu'en pensait-il ? Se sentait-il bien dans sa peau de « chanteur populaire » ?... Parmi tous les clichés qui fleurissent dans les articles ou les ouvrages sur ton père, le plus courant est celui-ci : fils de deux éminents artistes – un très grand réalisateur de cinéma et une concertiste classique –, beau-fils d'une comédienne et femme politique militante, égérie de la résistance grecque aux colonels, lui-même intellectuel, diplômé, cultivé, Joe Dassin était mal à l'aise dans la « variété » et avait honte, au fond, d'être un chanteur « commercial »... C'est une analyse pitoyable, une méconnaissance profonde de l'homme, un fantasme primaire de l'« artistiquement correct ».

Ton père trouvait belles et nobles la condition et la mission du chanteur populaire. Il confiait à Jean Lanzi, trois mois avant de disparaître : « On ne fait jamais volontiers un tube, on essaie de faire une chanson populaire, une chanson qui aide les gens à vivre parce que pour moi, le véritable engagement dans notre métier consiste à faire des chansons qui aident les gens à vivre. Je suis bien placé pour faire des thèses d'économie politique sur de la musique dodécaphonique, il n'y a rien de plus facile, je peux vous en faire dix par jour. Mais pour trouver une chanson populaire, on est obligé de bien transpirer !... »

Telle était sa conviction profonde, telle était sa philosophie du métier de saltimbanque. C'est pourquoi il était aussi exigeant avec ses collaborateurs quels qu'ils soient : auteurs, compositeurs, musiciens, sonorisateurs, éclairagistes. Il demandait beaucoup à chacun afin de pouvoir donner à son public le maximum. Mais là était son vrai problème ! – il ne se trouvait jamais à la hauteur, jamais assez bon… « Claude, quand on n'a pas de talent, il faut beaucoup travailler… » Combien de fois ai-je entendu cette phrase ? Il n'avait aucune confiance en lui et c'était désolant car il était réellement doué. On dit que la coke donne à ceux qui en prennent une certaine impression d'euphorie, d'exaltation et qu'ils se sentent momentanément plus sûrs d'eux. Est-ce pour cela qu'un temps il se laissera tenter avant de se ressaisir ?

Il avait une idée poétique de la création : « Une chanson, c'est une chose qui existe déjà, moi, je suis convaincu de ça. Il y a quelque part un endroit où toutes les chansons qui n'ont jamais été faites et qui doivent se faire un jour existent. Elles sont là, elles nous attendent, elles attendent qu'on aille les découvrir… Je ne suis pas un poète, je suis un explorateur ! »

Peut-être qu'avec le temps, peut-être qu'avec vous, ses enfants – qui sait ? –, cette fameuse confiance lui serait un jour venue… Peut-être. En tout cas, à quelques exceptions près, il ne fallait pas compter sur le « show-biz », ce caméléon sans visage, pour la lui donner. À vrai dire, d'ailleurs, ce monde-là, en tant que tel, ne l'intéressait pas : « Le show-business est une chose qui existe, à l'intérieur de laquelle on peut vivre ou ne pas vivre. Je ne vis pas dedans. J'y passe une certaine partie de ma vie, mais je m'en sers pour autre chose : c'est que la chanson est une porte ouverte pour des rendez-vous avec des gens divers. On ne se rend pas compte à quel point ceux qui font du spectacle sont admis partout. Je peux frapper en haut, je peux frapper en bas, et tout le monde m'accepte tout de suite. On a l'impression de me connaître parce que tout le monde m'a vu à travers un écran de télévision et comme j'aime beaucoup les gens, ça m'ouvre des portes dans pratiquement toutes les familles. ». Belle déclaration d'amour !… Telle était son ambition : aider ses contemporains à vivre et, où qu'il soit aujourd'hui, il doit être heureux de constater qu'il aide encore ceux qui lui ont survécu.

En ce qui concerne la chanson dite engagée, il aurait pu dire comme Brel – qu'il admirait beaucoup et qui était venu le voir un soir à son insu : « Les messages, je les laisse au facteur. ». Sa position était nette, à la fois modeste et intelligente : « Ce n'est pas parce que les gens aiment ma voix ou mes spectacles que je dois chercher à leur imposer mes idées. Ils ont les leurs, j'ai les miennes et je n'ai pas de leçon à leur donner. Il n'y a aucune raison pour considérer que les opinions d'un chanteur sont plus valables que celles d'un boulanger, d'un médecin ou d'un agriculteur. ». De surcroît, il pensait que le fait de travailler en France, alors que son passeport était américain, l'obligeait à une certaine réserve.

Ses idées, c'était son domaine privé, son jardin secret qu'il tenait à préserver une fois les projecteurs éteints... Hurler sur scène, comme le dit avec beaucoup d'humour Souchon, « Vietnam, ça va pas !... », très peu pour lui ! La démagogie, ça n'était pas vraiment son truc. Il lui était certes arrivé de manifester dans les rues de Paris contre cette même guerre du Vietnam mais il l'avait fait en tant que citoyen américain. Sa volonté de s'engager aux côtés d'Israël en juin 67 était restée secrète et s'il avait suivi avec intérêt les événements de mai 68 et participé à certains meetings, il n'était pas allé le crier sur les toits des rédactions...

On peut simplement noter un certain infléchissement de son attitude après 1975 sous l'influence, sans doute, de ta mère, témoin cette scène devant les studios de télévision alors que des piquets de grève interdisent l'accès au plateau... Joe, avec mauvaise foi, leur déclare : « Je ne suis pas concerné, je suis américain », et passe...

Qu'est devenu, alors, le jeune homme intransigeant qui me déclarait en 68 : « Tu es un jaune ! » ?...

En ce qui concerne la religion, en revanche, il ne me semble pas qu'on en ait jamais parlé. Je n'ai pas le sentiment qu'il était très croyant. Toujours est-il qu'il vous a introduits, ton frère et toi, dans la foi de ses ancêtres paternels. En revanche, contrairement à ses idées somme toute cartésiennes, il était superstitieux, lui, l'être rationnel par excellence. Un jour – tout au début de notre amitié – j'avais eu le malheur de lui souhaiter « Bonne chance ! »... Une rage épique : « Claude, dans notre métier, on ne dit jamais des conneries pareilles !... » Je n'ai jamais récidivé : aucune envie d'affronter à nouveau une tempête de ce genre ! Il était aussi particulièrement attaché au chiffre 18, dont il pensait qu'il lui portait bonheur. C'est pour cela qu'il avait appelé les éditions qu'il avait créées avec Jacques Plait « Music 18 ». Il le reconnaissait lui-même, d'ailleurs : « Superstitieux comme je suis !... » Va savoir ce qu'en pensait sa ronronneuse préférée, Cléo, la chatte noire...

« Ma musique »

« La critique est aisée et l'art est difficile. » Ce vers, généralement attribué à Boileau et qu'on peut trouver dans une obscure comédie de l'obscur Destouches, ce vers devenu proverbial, tu en feras toi-même un jour le dur constat puisque tu te destines à chanter. La critique n'épargne évidemment pas ton père et « Salut les amoureux » n'y a pas échappé non plus. C'était à l'origine une chanson américaine de Steve Goodman, « City of New Orleans », interprétée par Arlo Guthrie, le fils de Woodie. L'auteur y mettait en scène un train qui racontait sa traversée des États-Unis. Après un long « brainstorming », nous avons décidé, ton père, Ricky et moi, de ne pas suivre l'idée originale peu susceptible de passionner le public français et nous avons imaginé cette histoire de rupture insolite où tout se passe bien, trop bien...

Sacrilège, crime de lèse-folk !... Tout le purisme parisien nous tombe dessus ! Les ayatollahs des gazettes pourfendent avec suffisance cette ignoble trahison. Aucun papier n'est trop dur pour fustiger ce lâche assassinat du pauvre Steve Goodman. Au moment même où se déchaîne cette campagne anti-Dassin, nous recevons une lettre dithyrambique de l'éditeur américain : « Bravo ! Votre version est meilleure que la nôtre… » La vérité, comme d'habitude, se situe chez Racine : « Ni cet excès d'honneur ni cette indignité »… Trente ans plus tard, le temps a passé sur ces querelles sans importance et la chanson reste, reprise par Miossec, Patrick Bruel, Garou. Si je t'en parle aussi longuement, c'est d'abord parce qu'au cours de ta future carrière tu peux te heurter à ce genre de réaction mais c'est aussi parce que « Salut les amoureux » était la préférée de ton père.

À vrai dire, cette polémique n'aurait jamais eu lieu si Joe avait toujours composé tous ses morceaux lui-même. Mais ce n'était pas le cas. Joe était pourtant un musicien doué. Sans avoir fait d'études musicales, il étonnait les meilleurs par son oreille juste, son sens naturel du rythme et celui de l'harmonie, plus encore, peut-être, que celui de la mélodie. Il aimait, entre autres, Bach, les Beatles et Brassens, qu'il savait excellent compositeur, contrairement à certaines idées reçues… C'était un bon guitariste, à l'aise dans le folk et le « picking » et un de nos grands plaisirs était de l'entendre chanter « Katy cuel » ou « The last thing on my mind » dont il reste, heureusement, des enregistrements. Il consentait, lors des soirées entre amis, à prendre son instrument pour nous interpréter ce genre de chanson, mais jamais ses tubes. Toujours ce point d'honneur à distinguer Joe Dassin, la vedette, de Joe le copain…

Il jouait aussi un peu de piano et, à l'occasion, même sur scène, comme lors de son Olympia de 1974 et celui de 1977, pour des medleys américains dont subsistent aussi des traces discographiques... Il s'était astreint à apprendre le banjo et le soubasophone, un énorme gabarit de cuivre, pour le premier de ces deux passages. Il s'entourait de bons musiciens qu'il choisissait avec soin. Il avait donné sa chance à Jean Musy, l'un de nos plus doués et de nos plus sensibles compositeurs-arrangeurs en lui confiant, à 22 ans, l'orchestration des « Champs-Élysées ». En compagnie de Jacques Plait, il discutait pied à pied, note à note, chaque détail de chaque arrangement avec Johnny Arthey, et lui faisait recommencer les séquences musicales, jusqu'à ce qu'il soit totalement satisfait.

En séance d'enregistrement, il entendait tout. La moindre fausse note, le moindre décalage rythmique l'horripilaient, au sens physique du mot et lorsque son directeur artistique avait le front de lui lancer : « Joe, c'est faux !... », là, ton père devenait carrément fou !

Un jour, il nous a bluffés d'une façon incroyable : les montages sonores, à la fin des années 1960, se faisaient d'une manière artisanale : ciseaux, rustines (j'exagère à peine !), etc. La préhistoire, en somme ! Notre ingénieur du son, François Dentan, après avoir procédé à ce travail quasiment chirurgical, remet la bande sur le magnéto et nous passe, triomphant, le résultat de l'opération. Tout le monde trouve ça génial. « Non, dit Joe, il manque quelque chose, environ un quart de seconde ! » Sarcasmes de la troupe… « Vous pouvez toujours rigoler, persiste et signe ton père, il manque quelque chose ! » Alors, de guerre lasse, le maître de la console prend dans la poubelle les déchets de la bande magnétique, coupe une minuscule parcelle musicale correspondant aux vingt-cinq dixièmes de seconde réclamés par Joe et la recolle. Incroyable ! Ton père avait vu juste : il manquait bien l'équivalent d'un quart de seconde.

Joe était aussi très éclectique et se sentait à l'aise dans tous les styles. Il suffit d'écouter ses chansons pour s'apercevoir qu'elles présentent des mélodies et des rythmes différents. Entre le tango de « La bande à Bonnot », la romance de « Ça va pas changer le monde », le blues de « Marie-Jeanne », le rock de « Faut pas faire de la peine à John », sans parler de « L'été indien », il n'y a pas grand rapport. Et pourtant, ton père a su imprimer, à chacun de ces titres, son style, sa personnalité alors qu'il n'écrivait pas – et loin de là – toutes ses musiques : « Je ne suis pas du tout sectaire en matière de chansons, disait-il. Je considère que c'est mieux de faire une bonne chanson de quelqu'un d'autre qu'une mauvaise de moi-même. » (… toujours ce satané manque de confiance en lui…). On trouve donc dans son répertoire grand nombre de mélodies, de compositeurs d'horizons multiples, d'œuvres étrangères américaines, anglaises, espagnoles, italiennes, allemandes, etc., adaptées en français par ses auteurs. Sur le plan artistique, c'était très frustrant pour eux, car il s'agissait, la plupart du temps, de paroles originales, mais non considérées comme telles, ni par la critique, ni sur le plan des droits d'auteur.

Trop perfectionniste, dès qu'il devait composer pour lui, Joe complexait. Et il cherchait, bûchait, piochait, compliquant les choses à plaisir, inutilement. Il n'y a que lorsqu'il écrivait des musiques pour d'autres artistes qu'il se libérait. Alors, tout devenait simple, naturel. De bonnes mélodies naissaient spontanément dans sa tête d'intellectuel compliqué : « Bébé requin » pour France Gall, « Je suis grecque » pour Mélina Mercouri, sa belle-mère, « Le bateau-mouche » pour Gigliola Cinquetti, « Le vieux singe » pour Serge Reggiani, entre autres...

Mais c'est surtout quand il écrivait des musiques pour son grand ami Carlos qu'il s'éclatait et qu'il pratiquait enfin l'art de la composition avec une sorte de délectation juvénile (« Le tiercé », « Señor Météo », « Le bougalou du loup-garou », « Big bisou », avec Bernard Estardy...). Carlos était comme son double extraverti. Leurs origines les rapprochaient, leur grande culture aussi ; leur intelligence et leur gentillesse les rendaient complices. Il fallait les voir, la nuit, écumant les abris « disco », tirant des bords entre rive droite et rive gauche, se livrant à leur sport favori : le ping-pong de blagues. Carlos vivait sans doute tout ce que ton père n'osait pas vivre...

Sitôt qu'il tentait de composer pour lui-même, le malaise revenait. Ton père se bloquait et se croyait parfois obligé d'emprunter à tel ou tel air du folklore pour pallier une carence dont lui seul se croyait affecté. Je suis convaincu qu'un jour ou l'autre, il se serait libéré. Il aurait pris conscience qu'il était un bon compositeur. Pour preuve, ce titre « Depuis l'année dernière » miraculeusement retrouvé et ce « Marché aux puces » devenu successivement « The guitar don't lie » pour Tony Joe White puis « La guitare fait mal » pour Johnny Hallyday. Mélodie sombre et lancinante qui n'en finit pas de me hanter, comme le font parfois les images trop rares des voyages trop tardifs.

« Pauvre doudou »

Avril 1973. Joe est heureux comme un chanteur dont un confrère vient de prendre un bide. Hilare, détendu, il attaque son premier Overholt et couve avec délectation la bonne farce qu'il concocte. Ton père était un inadapté du show-biz. Sous le costard de la star, il restait un éternel potache, mal remis des campus et des canulars. Aussi sérieux qu'on peut l'être dans son travail, il redevenait, hors la scène, un grand étudiant, amateur de blagues, et parfois même, s'il se lâchait un peu, un vrai candidat au délire.

C'est lui, par exemple, qui a imaginé l'« hénaurme » réplique aux « Élucubrations » d'Antoine : « Les hallucinations d'Édouard », au cours de l'hiver 1965-1966. On se souvient de la pochade chantée par le jeune rescapé de Centrale (pas la prison, l'école) sur un rythme d'époque. Eh bien, Joe a eu l'idée de surenchérir : Antoine avait des cheveux jusqu'au cou, qu'à cela ne tienne, Édouard, son double parodique, en aurait jusqu'aux genoux (Maryse avait confectionné la perruque). Antoine portait des chemises à fleurs, à la bonne heure, Édouard arborerait des bermudas à fruits ! Le premier élucubrait, le second hallucinerait. Le plus beau, c'est qu'une partie de l'intelligentsia parisienne y a cru, que quelques-uns se sont même fait piéger et que d'autres, ne sachant pas à quel Dassin se vouer, mais subodorant l'origine du gag, ont disposé des télescopes en face du 218, boulevard Raspail afin de surprendre le véritable visage du super-hippie avant l'heure. Certains sont même allés jusqu'à se précipiter sur lui, à la sortie de l'immeuble, pour tenter d'arracher sa perruque et de découvrir son véritable visage, tels des catcheurs enragés fondant sur l'Ange blanc. Une folie ! On ne parlait plus que de ça dans le Landernau de la musique : Édouard IX for ever… Jarry devait bicher dans sa fosse et Dali, expert en supercherie, se régalait, sourire complice entre les parenthèses de ses moustaches.

La belle imposture a duré une bonne année, le temps de quelques 45-tours, dont l'un, « N'aie pas peur, Antoinette », en réplique à la saisie des « Hallucinations ». À la fin, les tout derniers crédules ont dû se résoudre à la vérité : le pseudo « protest-singer » à la crinière exubérante n'était autre que le vrai parolier de Joe, Jean-Michel Rivat, un homme paisible à qui tout ce tapage ne plaisait guère. Quelques folliculaires naïfs et piteux de l'avoir été en étaient quittes pour une rancune envers Joe que sa prochaine et brusque accession au vedettariat ne devait pas apaiser.

Ce soir-là, donc, ton père jubile. Nous sommes au Bistingo, rue Saint-Benoît. L'établissement, tenu par deux joyeux compères, Hubert et Carlos, tente avec succès de faire survivre Saint-Germain, à deux pas du club homonyme. Au bar, Igor, fils de prince russe, déjà chauve et fan de Trenet, distille avec une gentillesse mieux que professionnelle, les verres et les vannes. On y croise pêle-mêle Serge Reggiani, Jean-Jacques Debout, Roger Dumas, Johnny, Boris Bergman, Michel Sardou et toute une litanie de noctambules plus ou moins alcoolisés selon l'heure et l'humeur. Joe aime ce lieu. Nous y dînons souvent, avec ou sans Maryse, la plupart du temps, sans. C'est l'occasion, à chaque fois, pour Carlos et ton père, de se livrer à une véritable joute d'histoires drôles, dont ils sont tous deux friands, et que chacun, à sa manière, excelle à raconter : « Tu connais celle-là ? – ... Et celle-là ? – Oh ! Et la dernière... » On se régale. Les tables alentour ont des oreilles et les rires ricochent sur les volutes de tabac.

Mais, ce soir d'avril 1973, l'actualité est tout autre : j'ai commis l'imprudence de révéler à ton père que j'avais rendez-vous avec mon jeune frère, Dominique, pour enterrer sa vie de garçon. Mon malheureux cadet va prendre femme ad vitam aeternam, dès le lendemain matin. Ton père n'aime pas les mariages. Il a fini le sien saoul comme un cosaque, à chanter des chansons russes dans des lieux dits d'aisance. Il prétend même – mais j'ai du mal à le croire – qu'il n'a pas adressé la parole à Maryse, sa femme, dans les six mois qui ont suivi la remise du livret de famille. Le blues de la corde au cou ?

Ton père prend les choses en main. Pas question que mon convoleur de frère se pende sans avoir passé une dernière soirée de célibat mémorable. Il ne doit en aucun cas rentrer seul. Joe complote, compulse les idées libertines avec délice. Madame Claude ? Non, trop tard ! Pas possible. Pigalle ? Vulgaire, frelaté. On partira donc à l'aventure. Joe est même prêt à draguer pour Dominique l'âme sœur de sa dernière nuit libre. Le fiancé arrive enfin de Balard où il fait son service dans les bureaux de l'armée de l'air. Heureux et surpris de la présence de Joe, il s'attable et commande une boisson préliminaire sans imaginer une seconde le tour que ton père a décidé de lui jouer. Après un repas bien arrosé (mariage pluvieux, mariage heureux !), nous filons à L'Écume des nuits, le club qu'a ouvert notre ami François Patrice, au sous-sol du Méridien. Musique et jolies filles sont de la partie. Dominique ne semble même pas étonné de voir la star papillonner de danseuse en danseuse, déployant un charme maladroit de carabin en goguette. Joe me fait signe de temps en temps : aucune minijupe n'est tentée par le rôle de muse prénuptiale. Bredouille ! Il faut changer de taule ! Il est déjà tard…

Un saut au Privé, où un catalogue de beautés marathonne sur la piste : pas plus de succès ! Est-il déjà « trop » tard ? Joe n'est pas du genre à renoncer. Retour à la Mercedes qui file dans la ville déserte vers la montagne Sainte-Geneviève : La Bulle. Changement de population et d'ambiance. Nous sommes en haut du Quartier Latin et les déhanchements estudiantins succèdent aux défoulements du mannequinat branché. Ton père, qui n'a pas perdu le nord malgré le malt américain, échafaude un bobard impossible. Cet homme bon et vrai est un vrai bon menteur. Il roule le maître des lieux dans la farine : « J'ai un problème : mon jeune ami Dominique se marie demain. Or, il est neuf comme l'agneau et timide comme son frère, vous savez le parolier… » Mon nom ne dit évidemment rien à ce gros bonnet de la nuit parisienne. « Est-ce que vous pensez que l'une de vos jolies clientes et amies… ? » Miracle ! Sainte Geneviève est avec nous. L'homme, loin de trouver l'idée incongrue, va dire deux mots à une jeune femme aux cheveux courts et aux idées larges. Sa jolie figure acquiesce dans le halo des spots tamisés… Mon frère ne rentrera pas seul !

Le lendemain, Dominique est parti depuis longtemps quand j'apporte un petit déjeuner sympathique à sa compagne éphémère. Celle-ci m'accueille avec ces mots candides et délicieux : « Ben dis donc, ton frère, pour un puceau !… » Joe en rira longtemps. Le caveau d'un célibat aura rarement été creusé avec autant d'attention et de persévérance. Le soir, lors du banquet de mariage, je chanterai « Salut les amoureux » pour Dominique et ma belle-sœur qui, d'ailleurs, trente-deux ans plus tard, l'est toujours. J'espère qu'elle n'en veut pas trop à ton père. Après tout, il y a prescription !…

« Si tu viens au monde »

Je regarde ma montre : 21 h 30. Voilà une heure et demie que nous nous régalons dans ce « deux étoiles » de Moulins que Joe a soigneusement choisi, comme d'habitude, dans le guide Michelin qui ne quitte jamais la boîte à gants de sa Mercedes. Les agapes sont savoureuses, les libations au diapason. Ton père est un vrai gourmet. Grand amateur de bonne chère et de bordeaux, ses tournées lui permettent de satisfaire ses penchants gastronomiques.

Je regarde encore ma montre. Les cafés se font attendre, ces « express » mal nommés ! Joe est détendu, rassasié. Qui pourrait croire que cet épicurien comblé, repu, ce Lucullus volutant voluptueusement sa cigarette blonde au-dessus des petits fours va dans une heure à peine se muer en « performer » et occuper confortablement la scène vichyssoise jusqu'au-delà de minuit. Joe est le seul artiste capable de banqueter avant de chanter. Décidément, ton père est un cas…

qui tient peu compte du mien ! Je regarde une dernière fois ma montre... C'est foutu. Je vais être en retard et j'ai horreur de ça.

Nous sommes en effet en plein milieu de la fameuse tournée d'août 1973, celle dont l'appréhension m'avait valu certaine audition tahitienne. Je lève donc, comme prévu, le torchon avec trois chansons et ça me vaut d'être malade toute la journée. Comme dit Alice Dona : « Quand Claude chante, il a le trac avant, pendant et même après ! » C'est à ton père que je dois ce cadeau estival : « Je t'emmène en tournée avec moi. Comme ça, dans la journée, on pourra faire des chansons. » Je me suis entendu répondre bêtement : « D'accord ! » et, comme disait Brel, « ... nous voilà ce soir ».

La Mercedes fonce maintenant vers Vichy. Je me change péniblement sur la banquette arrière en me répétant que de toute façon, les carottes sont cuites, que je suis déshonoré, pauvre Vatel des variétés. En plus, je me caille, car Joe est sans pitié question clim. « Vichy », annonce triomphalement le panneau à l'entrée de la ville. Enfin ! La voiture freine sans ménagement devant le hall du Casino et je bats sans difficulté le record du monde porte d'entrée-coulisses. Ma montre me regarde : « Tu vois, pas de problème ! » Le présentateur qui vient de m'annoncer pour la troisième fois constate que c'est la bonne et me cède la place. Entrée sportive, trois chansons vaguement essoufflées, un salut maladroit, quelques applauses, une bière. Que suis-je venu faire dans ce gala ? En tout cas, sûrement pas des chansons ! La tournée est sympa, certes, toute l'équipe adorable, et j'ai fait la connaissance du groupe « Il était une fois » avec Joëlle, Serge, Riton, Lionel… des artistes doués, drôles et dotés d'une vraie tendresse. Mais, pour ce qui est des chansons, nous n'en écrirons aucune de tout l'été.

Et pourtant nous en avons grand besoin ! Jacquot l'avait senti venir : Joe connaît alors ce que redoute tout champion des hit-parades : le trou. Oh ! Pas un abîme ni un gouffre, non, une sorte de « no success land », un de ces moments où la grâce vous fuit. Ce que nous proposons au public n'est pas mauvais, mais depuis « La fleur aux dents » et « L'équipe à Jojo », rien n'accroche vraiment. Même « Salut les amoureux » qui reste aujourd'hui un de ses standards, n'a connu que des ventes confidentielles. Et l'album suivant, qui comporte quelques bonnes plages, n'a pas mieux marché. Ton père tente de sauver les apparences mais, pour l'angoissé qu'il est, c'est un vrai drame. Est-ce pour cela qu'il sort de plus en plus, m'entraînant dans des virées nocturnes où nous taguons sur le monde que nous refaisons les lettres « J.B. » ? Ou est-ce bien plus profond ? Est-ce la mort de Joshua, son fils qu'il attendait avec impatience, pour lequel il bâtissait des châteaux en espérance ? Né le 12 septembre, il n'aura vécu que cinq jours. Cinq jours terribles… Ton père qui, tous les midis, est à l'antenne avec Danièle Gilbert, fait preuve d'un courage extraordinaire. Il chante et sourit comme si de rien n'était. Il ne laisse rien voir de sa détresse. Il court comme un fou, des studios des Buttes-Chaumont à l'hôpital Cochin, où son bébé – qui ne pèse que neuf cents grammes – est en couveuse, et de Cochin à l'hôpital américain, pour donner des nouvelles à sa femme. Lorsqu'elle rentre à la maison, après le décès de leur fils, Maryse, détruite mais admirable, aide Joe de son mieux. Hélas, rien n'y fait et ce drame le plonge dans une profonde dépression. Le fil de tendresse qui unissait le couple semble se distendre, comme le lien tissé maille à maille entre le public et l'artiste. Sinistre période où ton père aperçoit quelquefois, dans le miroir de ses nuits, un cortège d'idées noires et un costume gris…

Il faut vivre cependant survivre à cette épreuve. Joe est à la veille d'un nouvel Olympia et il va y consacrer tout son désespoir. Il décide d'y mettre toute sa force et son talent. Il a sans doute écouté Macabiès et projette un grand show à l'américaine. Il se noie dans le travail, révise son banjo et son soubasophone, peaufine sa mise en scène, concocte des sketches. Plus l'échéance se rapproche et plus nous le voyons devenir livide. Des cernes dévorent son visage épuisé. Mais il rêve ce spectacle qu'il veut inoubliable. Une vraie fête, bien construite, archi-professionnelle… Médiocre pianiste, il décide pourtant de s'accompagner lui-même pour interpréter un pot-pourri de standards américains. Et il bosse inlassablement…

Le soir de la première, les stylos-revolvers des critiques sont braqués. Le métier, que Joe a longtemps agacé en alignant les triomphes, investit le grand bateau rouge en espérant le naufrage. Le capitaine blanc monte sur le pont. La voix est belle, la musique tourne parfaitement, et pourtant, rien ne se passe ! La salle est glaciale, quelques applaudissements à peine polis entre les morceaux. L'alcoolisme mondain boit du petit-lait. Scotché à mon fauteuil, j'assiste à cette Berezina. C'est un cauchemar. Rien n'y fait : les chansons tendres ne touchent pas, les chansons rythmées n'entraînent rien, les sketches tombent à plat. Putain ! Et puis soudain, le miracle… Juste un petit accompagnement de clavier, léger, discret, et la voix de ton père, profonde, prenante :

De ces draps que je froisse au lieu de t'y trouver,
Où je voudrais t'éteindre au lieu de t'y rêver…

Un poème écrit dans une discothèque un soir de spleen et qu'Alice Dona a mis en musique. Reggiani le voulait mais j'ai donné la priorité à ton père. Un vent d'émotion souffle sur le navire. Un silence absolu. On entend l'attention des gens. Et, à la fin de la chanson, une grosse salve de bravos. Ceux-là mêmes qui, un instant auparavant, savouraient la catastrophe, libèrent des applaudissements soulagés. Allons, ces faux endimanchés ne sont pas si cruels ! Sans être un triomphe, la suite sera honorable. Et, en dépit des critiques plutôt acerbes de ceux qui avaient encensé Joe cinq ans auparavant, le public viendra et appréciera.

Dès la fin de l'Olympia, en juin, Joe retourne à Tahiti, accompagné cette fois de Maryse, pour goûter l'insouciance absolue des lagons, pour essayer, peut-être, de renouer le fil, pour tenter, sans doute, de retrouver la sérénité, pour oublier, si c'est possible, Joshua…

Sur le plan professionnel, son 45-tours d'été ne fait pas remonter sa cote et même radio cocotier, là-bas, ne le diffuse guère : « Si tu viens au monde » et « C'est du mélo », aussitôt sortis, seront aussitôt oubliés, sans que nous puissions crier à l'injustice. Aurions-nous perdu la patte ? Jacquot aurait-il laissé son flair du côté de la quarantaine ? Joe, après à peine dix ans de carrière, serait-il devenu un has-been, un souvenir en play-back ? La tournée estivale rencontre un public plutôt clairsemé de fans. Où sont les douze mille aficionados des arènes de Béziers ? Qu'est devenu ce cri énorme qui envole l'artiste vers le micro lorsqu'il pénètre sur scène ? Ce cri dont ton père m'avait confié un soir, oubliant sa pudeur, qu'il lui manquerait le jour où il ne l'entendrait plus… Ce jour-là, ce jour terrible redouté par tous les artistes du monde serait-il enfin arrivé ? Il paraît que les artistes ont un cauchemar récurrent : ils entrent sur scène heureux, triomphants, cœur et bras ouverts, et la salle est vide !

Mais bien au-delà de cette crainte, c'est de la disparition tragique de son fils Joshua que Joe souffre surtout. Sent-il déjà qu'il ne s'en remettra jamais ?

« C'est du mélo »

Novembre 1974. À mon tour d'aller balancer mon stress aux requins. Sans prévenir, sans tenir compte du temps qu'il va y faire, je me suis envolé pour Papeete. Depuis quatre ans, je n'ai pas arrêté. Si je n'ai pas le toupet de m'en plaindre, je n'ai pas non plus la sottise de me le cacher : je suis épuisé. À Joe, sont venus s'ajouter de nombreux interprètes : Melina Mercouri, Gigliola Cinquetti, Carlos, Michel Sardou, Michel Fugain, Alice Dona, Isabelle Aubret, Gilles Marchal, Nana Mouskouri, et, depuis peu, Serge Reggiani. Jamais je n'aurais osé délirer un tel palmarès pour cette pauvre plume dont je doute tant mais c'est ainsi. Et tout cela, je le sais, je le dois à ton père. Je le lui ai dit à plusieurs reprises, je le lui ai même écrit au printemps dernier. À chaque fois, il m'a répondu : « Détrompe-toi, si ça n'avait pas été moi, ç'aurait été quelqu'un d'autre. » Je n'en crois rien... Je suis persuadé qu'il y a des rencontres sans lesquelles rien n'est possible. Ma chaire d'histoire à la Sorbonne n'a tenu qu'à la corde d'un banjoïste absent, au centre américain, il y a huit ans déjà. Huit ans ! Il nous en reste moins que cela à ratifier Montaigne : « Parce que c'était lui, parce que c'était moi... »

Sitôt posée ma valise à l'hôtel Maeva, j'appelle mes amis du bout du monde, les Bontant, les Casimir. Je ne reste évidemment pas longtemps à l'hôtel et atterris chez les premiers nommés. Un matin, alors que j'écoute la radio locale, je tombe sur une chanson tahitienne : « Somi somi ». Je reconnais aussitôt les premières notes d'une mélodie très tamouré sur laquelle Joe nous a demandé d'écrire un texte et qui est devenue, une fois parolée, « Vade retro ». J'interpelle innocemment Tina Bontant :

« C'est du folklore bien sûr !...

– Pas du tout ! C'est une chanson d'un compositeur fort célèbre chez nous, Yves Roche. »

Catastrophe ! Ton père, qui avait entendu le morceau ici, n'a même pas vérifié s'il était du domaine public ou s'il était signé. Quel « nônô » a piqué cet homme d'habitude si précis ? Mon imagination naturellement peu portée à l'optimisme m'accable déjà du spectre d'un procès, d'une saisie du disque (qui vient juste de sortir) et d'autres joyeusetés continentales. J'appelle Jacquot en PCV :

« Allô, qu'est-ce qui se passe, chuchote une voix déjà très endormie, décalage horaire oblige...

– "Vade retro", c'est d'Yves Roche !

– Quoi ? »

Je lui explique comme je peux la situation. À l'époque, les communications avec les antipodes ne sont pas aussi parfaites qu'aujourd'hui et les réponses parviennent dans l'écouteur avec un léger écho. « Je m'en occupe », maugrée, une fois de plus, notre providentiel pied-noir.

Lorsque je rentre en France, l'affaire est réglée. Le bulletin de déclaration SACEM a été signé dans la case « compositeurs » par Joe et Yves Roche. Mon billet d'avion nous a économisé un avocat et deux ans de procédure. Mais cet incident confirme un sérieux problème. Nous avions, en effet, déjà frôlé la correctionnelle avec « Un cadeau de papa » en 1970, dont l'œuvre originale « That ain't all » était bel et bien signée par un auteur-compositeur américain, alors que Joe me l'avait présentée comme un air traditionnel. Non seulement il en avait piqué la musique, mais il m'avait demandé d'en garder l'idée, ce qui faisait de moi un plagiaire malgré moi. Francis Blanche ne s'était pas privé de nous fustiger, un dimanche matin sur Europe 1, dans l'émission qu'il consacrait aux vols musicaux. J'étais mortifié et en colère contre ton père qui me valait cette injuste volée de sarcasmes, d'autant plus que j'adorais Francis Blanche. Enfin ! L'histoire s'était arrangée entre éditeurs et j'étais devenu, très normalement, l'adaptateur de la chanson américaine.

Retour à cette fin d'année 1974 qui annonce la sortie du trou. Le nouvel album de Joe plaît. Sans vraiment caracoler en tête des tops, le disque connaît des cadences assez fringantes pour redonner le sourire à ton père. Et puis, événement, nous avons enfin une chanson romantique qui marche : « Si tu t'appelles mélancolie » est un succès. Nous désespérions de voir un jour la voix de Joe, si belle, si grave, associée à un hit plus sentimental. C'est ce qui se réalise et nous ne sommes pas peu fiers car, pour une fois, c'est nous qui avons déniché ce « titre », comme on dit dans le jargon du métier : « J'ai entendu sur France Inter une jolie chanson qui t'irait bien ! – J'ai entendu une musique qui me plaît beaucoup. – "Please tell her I say hello" ? – La même ! » Jacquot qui, pour une fois, se trompait, n'avait pas été emballé et n'avait accepté de l'inclure dans le disque que pour nous faire plaisir. Bien lui en a pris, car la ballade des deux auteurs compositeurs anglais Shepston et Dibbens, revue et corrigée en français par Pierre et moi-même, est en train de tirer le cru 1974 vers le haut des hit-parades et de sortir, ipso facto, ton père du creux de vague où son moral pourrissait.

Enfin ! Le domaine des Tuileries où Maryse et Joe ont emménagé retrouve un sourire qu'avait perdu la rue d'Assas où rôdait trop tristement le fantôme de Joshua. Adieu les tons cuir et le bureau boisé du 6e et, en attendant Feucherolles, bonjour le lotissement des Yvelines avec ses maisons fonctionnelles et vaguement cousines.

Printemps 1975. La fin du purgatoire est en vue. L'album 33-tours de l'hiver passé a finalement bien marché avec deux chansons phares : « Si tu t'appelles mélancolie », la douce et « Vade retro », la rescapée. Un bon 45-tours cet été et la carrière de Joe retrouvera des zones zénithales. Ton père, stimulé par son exil en banlieue, respire, semble s'épanouir à nouveau. Pierre Delanoë l'a converti au golf et il en est devenu fou fondu, au point d'avoir demandé un après-midi à Pierre Vassiliu d'inverser l'ordre de leurs tours de chant, pour pouvoir faire neuf trous à Deauville avant la fermeture. Joe le consciencieux, tu te rends compte : « Si tu joues 24, attention à ton drive, si tu joues 10, attention à ta femme, si tu joues 2, attention à ton boulot ! » dit un proverbe populaire sur les greens, que Joe se plaît à citer. Mais enfin, ce vice est non seulement inoffensif mais plutôt bénéfique et chacun, dans l'entourage de ton père, s'en réjouit.

Un bon 45-tours cet été, soit ! Mais où sont les chansons ? Nous disposons d'une musique de Daniel Vangarde sur laquelle le tandem d'auteurs a écrit « Trois caravelles », et d'une mélodie proposée par Bernard Estardy dont personne ne peut ignorer, même l'oreille la plus profane, que c'est un démarquage éhonté de la « Valse triste » de Chopin. Direction Deauville. Pierre, alors dans la force de l'âge – il a 56 ans – fonce comme un sourd et s'amuse à chaque péage à faire hurler l'alarme en démarrant en trombe après avoir jeté ses pièces de monnaie dans le réceptacle déclencheur. Une heure plus tard et deux ou trois syncopes évitées de justesse, nous voici dans l'austère bureau de sa résidence secondaire, sous l'œil peu inspirant des ancêtres paternels cloués au mur.

« Au travail ! »

« *Puisque tu veux tout savoir !* »

Avec Delanoë, ça ne traîne jamais. Une histoire nous vient, inspirée par le grand compositeur romantique polonais. Un pianiste épris d'une fleuriste, un genre eau de rose pour gare de province, carte postale sépia d'amoureux Belle Époque. À deux cents mètres de là, la Manche, elle aussi, est à marée basse. Joe se pointe. Nous exécutons devant lui cette bluette poloniaise. Il nous toise, incrédule, et nous lance, entre mépris et consternation : « Vous êtes en train de ruiner ma carrière ! » Puis, dans un vaste mouvement mélodramatique, il revêt son imper, balance son écharpe rouge par-dessus son épaule, façon Bruant, et s'éloigne vers la mer. Nous l'imaginons, Pierre et moi, s'enfonçant dans l'eau grise, tel Crin Blanc.

« Ma bonne étoile »

« *Été indien : En Amérique du Nord, brève période de journées chaudes et ensoleillées au cours de l'automne, le plus souvent après les premières gelées. (Au Québec, on dit plutôt été des Indiens).* » Cette définition, donnée par le Petit Larousse édition 2006, on l'aurait cherchée en vain dans le même ouvrage, trente ans auparavant. Entre les deux, une simple chanson…

Ton père n'a finalement pas noyé sa colère dans l'eau normande et s'est contenté, comme souvent, de quelques malts américains. Et nous avons, au bout du week-end, regagné les berges de la Seine en nous disant que l'été 75 s'annonçait bien mal pour l'équipe à Jojo. C'est alors que le Grand Régulateur – c'est ainsi que Jacques Plait nommait Dieu – s'est manifesté en glissant au milieu de la pyramide de disques, que notre Grand Détecteur devait écouter cette semaine-là, un 45-tours italien chanté en anglais : « Africa », sur une musique de Toto Cutugno.

Jacquot, comme un fou, fait des pieds et des mains afin de bloquer le titre pour son artiste. CBS rechigne à le lui accorder : la multinationale compte sur la version originale pour cartonner cet été. Mais le producteur de ton père est tenace, obstiné, convaincant. Il réussit à persuader le staff de la maison de disques et file, triomphant, chez Joe qui écoute la galette avec enthousiasme.

Je suis donc convoqué. Le trajet habituel : RER, puis taxi au terminus de Saint-Germain-en-Laye (les conducteurs commencent à bien me connaître). Le single tourne sur la platine. Jacques et Joe guettent ma réaction : je les déçois ! N'ayant jamais eu aucun pif, pour moi, c'est plutôt « bof ». Le morceau ne m'emballe pas. Je le trouve même assez ennuyeux. Dieu merci, je ne suis pas directeur artistique ! Mes deux amis s'emploient à me convaincre. Ce n'est vraiment pas nécessaire car je leur fais confiance. Jacques repart pour Sceaux. Joe me retient afin que nous parlions du texte. Il est très emballé… Je ne sais pas encore qu'il y a de quoi.

« Qu'est-ce que tu sens là-dessus ? » Je lui dis que je vois une histoire en deux temps : les couplets parlés évoquant dans la solitude un souvenir sentimental douloureux et le refrain chanté rappelant, au futur, les serments que se faisaient les deux amants quand tout allait bien. Joe approuve ce schéma. « Vous travaillez quand, Pierre et toi ?
– Le week-end prochain à Deauville ? » Joe pâlit : il est toujours superstitieux et les rivages du Calvados ne nous ont pas vraiment réussi la semaine précédente…

Vendredi après-midi : c'est le grand rush automobile vers les résidences secondaires. Armés de nos cahiers, Pierre et moi sommes « *ready for departure* »... « Il faut que je fasse un détour pour passer chez Jacques Revaux, m'annonce Pierre. Il doit me remettre une cassette. » Avenue Raymond Poincaré, le compositeur de « My Way » habite un cinquième étage premier cru disposant, bien sûr, d'un studio dernier cri. L'ami Jacques ayant un goût sûr, nous profitons de cette courte visite pour lui faire écouter notre devoir anglo-italien. Nous sommes, en effet, assez sceptiques sur cette œuvre et nous souhaitons connaître son avis. « Génial ! Foncez ! » répond Revaux, conquis par la mélodie de Cutugno.

« Foncez ! » Pierre ne se le fait pas dire deux fois et bat le record mondial Paris-Les Planches après avoir déclenché successivement toutes les sirènes de toutes les alarmes de tous les péages. Incroyable Pierre ! L'impatience faite homme, l'appétit incarné. Même bureau, mêmes aïeux, toujours aussi peu coopératifs. Nous écartons rapidement l'idée de suivre le texte original. Il s'agit, en effet, d'un Noir américain qui, mal à l'aise aux États-Unis, se dit qu'il ferait mieux de retrouver le continent de ses ancêtres, l'Afrique. C'est intéressant, mais nous pensons que Joe ne peut pas se glisser dans la peau d'un tel personnage. C'est vrai qu'il a tenté de faire l'acteur à ses débuts, en particulier avec son père, Jules, mais sans être très convaincant. Non, ce rôle de composition ne lui conviendrait pas. J'expose alors à mon compagnon de plume mon idée d'histoire en deux temps : flash-back, rappel des promesses... Adoptée !

Pierre, le Lucky Luke de la chanson, démarre en trombe. En technicien efficace, il sait qu'il faut amorcer la pompe et, comme le morceau original commence par « You know... », il écrit « Tu sais... ». Les mots viennent, simples, limpides : « Nous marchions sur une plage un peu comme celle-ci. Là-bas, on l'appelle l'été indien... » Il a noté ces derniers mots sans réfléchir, spontanément, en souvenir d'un voyage à New York, où un chauffeur de taxi l'avait renseigné sur ce bout de saison magique. Je prends le relais avec un de ces petits contrepoints dont je suis friand : « ... mais c'était tout simplement le nôtre. » Il continue « Avec ta robe longue... tu ressemblais à une aquarelle de Marie Laurencin. » Tiens !... Qu'est-ce qu'elle vient faire celle-là, me dis-je... mais c'est joli... Pour ne pas être en reste, je conclus : « Il y a un an, il y a un siècle, il y a une éternité. » Et, sur ma lancée, j'attaque le refrain :

On ira
Où tu voudras quand tu voudras
Et l'on s'aimera encore
Lorsque l'amour sera mort,
Toute la vie sera pareille à ce matin...

Là, je dis à Pierre : « Ton histoire d'été indien, c'est vachement bien. Il faut le faire revenir maintenant, à la fin du refrain. » Il en convient mais, brusquement, le fil se casse. Alors que, jusqu'à présent, le texte s'est construit presque tout seul, avec une facilité quasiment miraculeuse, plus rien. Ou alors des conneries du genre : « C'est fini, l'été indien », « C'est joli, l'été indien », j'en passe et des pires... Écœurés, nous nous disons qu'il vaut mieux aborder le second couplet et là, l'inspiration revient. Les phrases coulent, c'est rapidement bouclé. Reste ce fameux dernier vers ! Nous décidons d'aller nous détendre à l'institut de thalassothérapie. Il est toujours bon de bouger quand on sèche. La création a besoin de mouvement.

Vision surréaliste : nous sommes tous les deux installés dans des caissons de vapeur, genre œufs de cosmonautes, et nous suons nos bières à grosses gouttes. Seules nos têtes dépassent. Pierre tourne la sienne, cramoisie, vers moi : « J'ai trouvé ! – Vas-y ! – Non, tout à l'heure, quand nous serons sortis. – Tu me fais suer ! » Ça ne le fait même pas rire. Le supplice s'achève. Nus comme Adam et sa copine, les deux auteurs délivrés de leurs bains de chaleur se précipitent sur leurs serviettes : « Aux couleurs de l'été indien ! – Mais tu as rajouté une note ! – On s'en fout ! » Je me le chante in petto. Effectivement, il a raison. Un pied de plus ou un pied de moins, ça ne change strictement rien du point de vue de la mélodie mais pour ce qui est du texte, ça change tout.

Deux jours plus tard, je retrouve le domaine des Tuileries où j'auditionne seul devant Joe, car Pierre est retenu ailleurs. À ma grande stupéfaction, j'ai un imprimatur immédiat. Qu'est-ce qui lui prend ? Serait-ce si bon ? Arrive Jacques Plait. J'exécute une deuxième fois l'œuvre et là, une chose invraisemblable se produit : Jacquot l'infaillible, Le Jacquot, celui qui mériterait de décrocher le Pif d'or au Midem, se trompe : « Votre texte est formidable mais il faut changer deux choses : l'été indien, parce que personne ne sait ce que c'est, et la robe de Marie Laurencin, parce que personne ne sait qui c'est ! »

Comme tu le sais, ni Joe le têtu ni Claude le timide ne l'ont, pour une fois, écouté !...

« Le Général a dit »

13 h 30 : la porte du studio CBE qui donne directement sur la rue Championnet, très exactement au 95, s'ouvre. Apparaît un Joe nature, sans brushing, cigarette aux lèvres et mots gentils pour chacun. Nous ne sommes que trois dans la cabine déjà enfumée où la console attend les précieuses inflexions du chanteur. Aux manettes, le magicien géant Bernard Estardy (2 mètres 02 !), un autre baryton, ingénieur des plus belles réussites des seventies. À sa gauche, Jacquot et moi sur la petite banquette qui attend, à droite de l'entrée, nos épuisements successifs. Ton père, de l'autre côté de la vitre, dans le studio jonché de fils, de paravents, de micros, de pupitres et de casques, se livre à un training déjà convaincant. Il faut dire que le garçon est doué, swingue sans effort, articule sans exagération. Tu me diras que c'est la moindre des choses pour un chanteur. C'est peut-être la moindre mais pas la mieux partagée.

« On la prend ?

– Ça tourne !... »

Les premières notes de l'intro. La voix de ton père. Cette voix, prenante, surprenante, irremplacée. La chanson se termine.

« Viens écouter », dit Jacques.

Joe revient en cabine, allume une cigarette.

« C'est comment ?

– Pas mal du tout, tu vas voir. »

En réalité, le trio que nous formons est déjà emballé par cette première prise mais nous ne le montrons surtout pas ! La moindre manifestation intempestive d'enthousiasme entraînerait de la part de ton père un rejet sans appel qui nous vaudrait environ deux jours d'enregistrement en boucle. On a déjà eu l'exemple de « Marie-Jeanne », et d'autres. Donc « Pas mal du tout », point final ! Joe fait la moue. Lui ne trouve pas ça bon. Le contraire nous aurait étonnés. « J'y retourne », dit-il, nous laissant flotter dans l'aquarium moite.

Deuxième prise : « Tu sais, je n'ai jamais été aussi heureux que ce matin-là. » Nous nous regardons, Pieds-nickelés incrédules. C'est parfait ! Le ton y est, extrêmement juste, l'émotion discrète, mais sensible de la partie parlée aux morceaux chantés. C'est magique. Un régal. Est-il possible que, dès la seconde prise, « L'été indien » soit en boîte ? C'est compter sans l'artiste qui, lui, bien entendu, n'est absolument pas satisfait. « Non ! Ça ne va pas. On va recommencer ! » Et il recommence... une fois, deux fois, dix fois, vingt fois, etc.

Plus il rechante, plus l'interprétation se disloque. Jacques, d'abord stoïque, puis désespéré, a glissé à Bernard : « Tu me gardes précieusement la deuxième ! » Clin d'œil complice de ce dernier. Le pauvre Plait, qui m'a demandé une cigarette, signe d'un total désarroi car il déteste ça, ne sait plus quoi faire pour arrêter Joe saisi d'une frénésie répétitive inarrêtable : « On ira, où tu voudras quand tu voudras… »

« Joe, c'est faux ! »

Ça, ton père déteste ! Je crois qu'il peut tout accepter : qu'on lui dise qu'il louche, qu'il a les pattes trop longues, le souffle trop court, qu'il ressemble à Enrico Macias, que sa mère s'appelle Melina Mercouri et même, tiens, qu'il joue mal aux échecs, tout, mais surtout pas qu'il chante faux… Hors de lui, il nous rejoint dans la cabine où le brouillard du tabac français commence à défier même les couteaux suisses.

« J'écoute !… »

Et Joe écoute, ivre de rage, la partie chantée : « Ce n'est absolument pas faux ! »

Il a raison. C'est juste mais c'est nul et son directeur artistique, fine mouche, n'avait que ce moyen pour faire passer le message.

« Est-ce que vous avez gardé la deuxième prise ? » demande Joe qui reprend peu à peu son calme.

Jacques, innocemment, à Bernard :

« Tu l'as gardée ?

– Heu… Oui, je crois », réplique hypocritement celui-ci.

Joe, de guerre lasse, écoute la piste qu'il a rejetée quelques heures auparavant et lâche avec une mauvaise foi délicieuse : « Finalement, elle n'est pas mal celle-là ! »

Jacquot, dans un grognement de soulagement : « On la garde ! » Il est un peu plus de 19 heures. Dehors, il fait grand jour et le printemps de Paris aspire la brume à Nicot par la porte du studio grande ouverte. Nous sommes le 24 mai 1975. À 14 h 30, mon frère m'a téléphoné pour m'annoncer que Véronique, sa fille, ma filleule, était née. « L'été indien » est du même jour. Il a 30 ans. Comme elle, il ne les fait pas.

Le lendemain, les mêmes, au même endroit, 13 h 30. Joe, chemise ouverte, pantalon clair et gros ceinturon, résigné à la seconde prise de la veille, jette entre deux bouffées blondes un œil sur la porte d'entrée. Celle-là même que poussent régulièrement les écoliers du quartier, histoire d'apercevoir dans un éclair de culot Claude François, Julien Clerc ou Michel Sardou. Qui attend-il, ton cher papa ? Oh ! c'est très simple : son aîné de vingt ans, l'homme qui l'a initié au golf, le maître ès écriture, l'ado-adulte sévère et candide, Pierre Delanoë. Maître Pierre est un cas. Ce quinquagénaire a été, dans une première vie, membre de la très stricte administration des finances. Attaché au service de l'enregistrement et du timbre, ce qui le prédisposait bien évidemment à l'activité discographique, il s'est peu à peu laissé dévoyer par l'écriture. Bécaud aidant et puis bien d'autres, il a quitté les déclarations fiscales pour les déclarations « discales ». Son écriture est rigoureuse, inventive et économe. Il refuse la subtilité futile et va directement à la formule qui touche, qui fait mouche, qui séduit.

Le voici ! Costume cravate, évidemment, élégant et sûr de lui, il pénètre dans le studio comme un général déjà décoré avant la victoire. Or, ton père, blagueur impénitent, lui a concocté une de ses bonnes farces. Il s'est vanté de ne pas arriver à poser le texte de « L'été indien » sur la musique. Pierre, parfois crédule, a mordu à l'hameçon.

« T'inquiète pas, vieux, a-t-il déclaré, paternel, je vais te montrer !... »

Le voici devant le micro. Il prend son rôle au sérieux. Moment magique : Pierre attaque, rempli de sa mission de guide-chanteur : « Tu sais, je n'ai jamais été aussi heureux que ce matin-là... » Avec Joe, morts de rire, nous faisons les chœurs : « La la la... » C'est inénarrable !

« Écoute-moi bien, semble dire le rescapé du Trésor, et prends-en de la graine, prends-en pour ton grade de vedette, ton grain de voix ! »

Jacques Plait est aux anges. Il filme. Malheureusement, la bande vidéo est perdue. Fin de la prise. Pierre est content de lui. Il a sauvé Dassin... Nous rions sous cape. Il apprendra beaucoup plus tard qu'il a été la victime innocente de cette gentille supercherie.

Comment avons-nous eu l'idée, Delanoë et moi, d'associer nos plumes si différentes ? Un jour que nous suions séparément sur les textes que Joe nous avait demandé d'écrire, nous nous sommes dit spontanément qu'à deux, nous serions plus forts pour imposer nos trouvailles à cet impossible têtu... C'était une lumineuse illusion ! Nous avons pris un plaisir énorme à travailler ensemble, mais ton père pinailleur, rigoureux, intransigeant n'a pas cédé un pouce de terrain. Les séances de travail sont restées interminables, ponctuées de fausses révoltes et de vrais découragements. Tout juste le singulier « cherche » est-il devenu « cherchez » et la conclusion est restée la même : « Dans le Nirvana des chansons, la phrase existe ! » Joe repartait imperturbable, confiant, vers son jeu d'échecs ou son practice de golf. On le rappellerait, pour un énième essai que patience et longueur de temps finiraient bien par transformer…

Régulièrement, Pierre se mettait à enrager, à éructer, à vouer son interprète aux pires supplices de l'enfer. Ah ! S'il avait encore été polyvalent, Joe aurait dégusté un sacré contrôle ! En attendant, c'était l'ex-contrôleur qui perdait le sien. J'essayais de le calmer mais ma docilité faussement tranquille l'énervait encore plus : « Il me fait chier ton copain ! » Car, dans ces cas-là, c'était bien sûr « mon » copain.

En définitive, nous parvenions toujours à conclure mais au prix de combien de ratures et de ratages… Le plus extraordinaire, c'est que ces chansons cent vingt fois remises sur le métier, discutaillées, extirpées mot à mot de nos pauvres citrons pressés paraissent aujourd'hui encore naturelles voire faciles… Elles semblent couler de source alors qu'elles sont nées dans la douleur et le stakhanovisme !

Nous voici donc attelés au mixage de « L'été indien » : il s'agit de mélanger harmonieusement la voix du chanteur et les différents instruments qui constituent l'orchestration. À l'époque, nous ne disposons pas des ordinateurs archi-perfectionnés qui transforment les studios d'aujourd'hui en cockpits d'Airbus A380. C'est encore fait main, fait maison. Jacquot est sûr de lui, heureux : il le tient, son mixage ! L'équilibre entre le timbre de l'artiste et l'orchestre est miraculeux.

Seulement, voilà ! Il fallait s'y attendre ! Joe n'est pas d'accord. Il rumine je ne sais quelle perfection impossible. Plait est excédé ! On sent sous le cercle de ses lunettes sages une exaspération retenue.

« Bon, eh bien, vas-y, grogne-t-il, recommence, je te laisse ma place !... »

Il sort, drapé dans sa dignité de grand maître des « Teppaz » à bout de nerfs. Je le suis. Nous allons lâchement prendre un café dans un des bistrots qui jouxtent le studio crépusculaire. « Il ne pourra pas faire mieux !... », déclare le Jacquot imperturbable.

Une demi-heure et quelques effluves de Brésil plus tard, nous réinvestissons l'antre du géant championnesque. Joe nous fait écouter trois mixages de « L'été indien » qui le ravissent et qui sont tous bons à jeter au ravin. Jacques Plait triomphe ! C'est toujours la deuxième prise. Que ce soit pour la voix ou pour le mixage, toujours la deuxième ! Joe, effondré, se rend à l'évidence : son Jacquot, une fois de plus, a vu juste.

Plus tard, bien plus tard, lorsque la chanson tournera sur les ondes et amorcera un triomphe de trente ans, ton père avec sa mauvaise foi coutumière se prendra à penser que la troisième était quand même meilleure. Peut-être ! Mais c'est la seconde, la bonne, qui restera gravée dans les mémoires des danseurs de slows et des amoureux de la dernière chance, à défaut d'être ceux de la dernière prise.

Quel bonheur d'avoir travaillé avec Pierre Delanoë, Jacques Plait et ton papa : trois êtres si différents mais si exceptionnels !…

« Et l'amour s'en va »

Deux vieux complices se regardent avec un vague sourire incrédule. Je viens de rejoindre Joe dans la trentaine. Notre amitié, presque décennale, n'a fait que croître et embellir. On se comprend. On se complète. On s'est trouvés.

Incrédule, c'est le mot ! Quelle mouche folle a piqué Toto Cutugno et son compère parolier Vito Pallavicini ? Joe rembobine la bande, la remet au départ, on réécoute. Non, nous n'avons pas été victimes d'une hallucination auditive, c'est bien un air de fanfare que les deux créateurs italiens nous ont fait parvenir : Zim boum boum, tagada tsoin tsoin... Est-ce qu'ils s'imaginent vraiment que l'interprète de « L'été indien » va chanter ça ? Et quel texte écrire sur cette marche de fête au village, cette mélodie en uniforme de majorettes ? Bizarre ! Nos deux collaborateurs transalpins ont dû péter un pont !

Dans le bureau de Joe, au premier étage de la petite maison des Tuileries, ça gamberge sérieusement. Les fêtes approchent. Le succès de « L'été indien » a été phénoménal, incroyable. La carrière de ton père n'est pas seulement relancée, elle ne s'est jamais aussi bien portée. Mais il faut à présent suivre, il faut que l'album de l'hiver 75 confirme et inscrive définitivement Joe dans la durée. Il a la carrure d'une carrière mais le métier et le public demandent confirmation.

« Attends, dit-il, j'ai une idée ! »

Il n'en est jamais à court, c'est certain. Il est en perpétuelle ébullition cérébrale. Sa tête est à la fois bien faite et bien pleine, c'est un laboratoire permanent. Un jour, dans un avion, il m'a confié, immodeste, pour une fois, ou lucide : « Tu vois, Claude, mon drame, c'est que je suis trop intelligent !... » Il prend sa guitare, plaque quelques accords puis se met à chanter doucement la musique martiale de Toto et Vito sur un rythme lent de ballade... Incroyable. Ça fonctionne ! L'imbuvable cuivrerie pour kiosque à musique se transforme en une ravissante mélodie très touchante et facilement mémorisable. C'est magique ! Je tire mon chapeau au néo-golfeur qui, décidément, nous surprendra toujours et, sur ces entrefaites, Delanoë s'annonce.

« Il faut un titre large ! » affirme-t-il, après avoir écouté la musique version Dassin. Joe acquiesce, Pierre s'accorde quelques secondes de réflexion puis, de sa belle voix de basse : « "Ça va pas changer le monde". C'est bien ça, non ? » Une semaine et quelques paquets de clopes plus tard, l'ex-fanfare est devenue l'une des plus jolies chansons d'amour de ton père. Mais ça ne fait toujours que deux chansons sur douze.

Deuxième envoi des Italiens. Cette fois, c'est une musique qui nous fait tous craquer, y compris ton père, qui savoure d'avance le plaisir qu'il va prendre à la chanter. Car Joe l'intellectuel est aussi un épicurien très fleur de peau. Ce n'est pas pour rien qu'un de ses mots préférés est « jouissif » qu'il articule avec une gourmandise contagieuse. Pierre et moi sommes emballés, inspirés. Tout à trac, je lance : « Si l'amour n'existait pas... ». Mon partenaire approuve, mon interprète ne désapprouve pas. Nous voilà partis, sans le savoir, pour quelques semaines de galère intégrale. Nous avons beau noircir du papier, triturer les mots dans tous les sens, appeler et rappeler Joe qui se pointe, d'avance résigné à la catastrophe, tout ce que nous trouvons tombe à plat. C'est minable, c'est minant. Extrait non sans honte d'un de mes cahiers de l'époque :

Si l'amour n'existait pas,
Je saurais l'inventer pour toi,
Comme un peintre qui donne la vie
À un rêve trop joli...

Ton père tente à chaque essai infructueux de nous aider, de nous orienter, paternel avec moi, amical avec Pierre. Rien n'y fait. Noël approche et notre album reste en rade. Et puis un jour, je comprends brusquement la raison de ce naufrage :

« Nous sommes des ânes, dis-je à mes deux partenaires : si l'amour n'existait pas, rien n'existerait et il n'y aurait strictement rien à dire. C'est pourquoi nous séchons depuis si longtemps ! » Ils accueillent cet éclair tardif de lucidité avec soulagement.

« Alors on fait quoi, dit Joe, on reprend tout de zéro ? »

- Non, il suffit de personnaliser, de concrétiser, de dire, par exemple : "Et si tu n'existais pas…" »

Le lendemain, la chanson est terminée.

D'autres suivront : une gigue totalement débridée où l'ex-inspecteur des finances et moi-même déclarons que pour ne pas payer d'impôts, « Il faut naître à Monaco », une ballade en l'honneur du costume blanc, une adaptation moyenne de « Sailing », deux autres Cutugno et Palaviccini, intitulées respectivement « Salut » et « L'albatros »… Bref, un album qui va connaître un énorme succès et dont au moins trois chansons resteront des standards.

Tout cela est né dans la douleur, vers par vers, mot par mot, trois lignes puis le traditionnel… « Va jouer avec tes petits camarades… » puis trois lignes plus tard, de nouveau : « Joe, on a besoin de toi. »

En revanche, dès qu'il s'agit de travailler pour quelqu'un d'autre et en particulier pour notre pote Carlos, tout se passe dans la joie. Entre deux séances de travail, nous œuvrons donc pour son « alter et gros », son cousin russe de Saint-Germain, le fils archi-doué et méconnu de la brillante Françoise Dolto. Ton père a eu l'idée de compiler astucieusement un certain nombre de grands riffs de jazz et nous nous régalons avec le « Bougalou du loup-garou », sorte de conte, tout en syncopes, sympa... Je me suis même permis d'emprunter à Racine et à son songe d'Athalie le premier vers de ce boogie-woogie ! Carlos est heureux et nous aussi. On fête ça au Bistingo puis au Saint-Hilaire, comme il se doit. Nouvelle joute d'histoires drôles, comme il se doit. La vie devrait être belle : le « Bougalou » démarre fort et pour suivre « L'été indien » providentiel, le nouveau 33-tours de Joe a l'air de ne pas faire mauvaise figure sur les ondes et dans les bacs.

Sur la pochette de ce nouvel album, ton père est photographié avec sa guitare au milieu d'un chantier, celui de sa maison de Feucherolles en construction. Tout un symbole... Il est, en effet, entre deux « homes », entre deux femmes, entre deux vies... En cet automne de la trentaine, je sens bien qu'il se tourmente et que ce n'est pas vraiment pour sa carrière. Non... Il y a quelque chose de bien plus profond, de plus fort, de beaucoup plus dangereux... Lorsque nous travaillons tard le soir et après quelques verres bien remplis, il se laisse aller à des bribes de confidences. Si dans sa vie professionnelle tout va bien, dans sa vie privée rien ne va plus...

« L'amour etc. »

Lansdowne road… Lansdowne house… Lansdowne studio… C'est là que Jacquot et ton père enregistrent les accompagnements de nos chansons, sous la baguette experte de Johnny Arthey, un very british arrangeur qui a séduit Monsieur Plait grâce à son orchestration flamboyante d'un morceau pop aujourd'hui culte : « Éloïse ». Au sous-sol, les musiciens s'accordent, découvrent leurs partitions, sirotent un café trop américain pour être noir. Ce sont des VRP des notes, cependant ils jouent bien, très bien ! Je suis là, comme d'habitude, pour modifier quelques mots sur la musique qui se finalise…

À mes côtés, une jeune femme blonde, mince, distraite, que ton père a présentée à Jacques en glissant dans le creux de son oreille qu'elle est ma fiancée. Ma fiancée ! J'ai beau tenter de jouer le jeu, j'ai toujours été mauvais comédien et chacun peut s'apercevoir qu'entre elle et moi, pas trop d'émoi, pas trop de tendresse. De temps en temps, nous risquons un baiser furtif et pas vraiment convaincant ! La jeune femme blonde s'appelle Christine et c'est ta maman. Elle est depuis près de trois ans une des écorchures au contrat de mariage de ton père. Elle s'est imposée petit à petit, jour après nuit, dans sa vie. Je suis le complice un peu lâche de cette aventure. Les séances londoniennes s'achèvent sans que mon empressement auprès de la demoiselle puisse donner une crédibilité quelconque à cette supercherie : Christine, la fiancée de Lemesle !

Le matin du retour, je me présente avec Jacques à la réception de l'hôtel Westbury, là où nous campons lorsque nous enregistrons à Londres :

« Je voudrais payer ma note et celle de Mlle Delvaux, dis-je dans un anglais approximatif.

– Sorry, Mister Lemesle, Mister Dassin a déjà réglé la note de Mlle Delvaux. »

Alors Jacques, ironique et imperturbable :

« Depuis quand Joe paie-t-il les chambres de tes fiancées ? »

Touché, coulé… Le mensonge est éventé. Il battait déjà de l'aile depuis longtemps. À vrai dire, cette passion avait débuté comme une passade, ni plus ni moins, et Dieu sait s'il en avait emprunté, ton père, des impasses sur les boulevards de la nuit. Bien que grand, séduisant, riche et célèbre, Joe doutait trop de lui pour ne pas chercher à se rassurer dans des bras intérimaires. Son couple se délitait et le tricot confortable estampillé par la mairie se défaisait, silence à silence. Gentleman, il sauvait élégamment les apparences et prodiguait à Maryse des attentions gentiment superficielles. L'ennui, ce rapace à l'œil vide, planait pesamment au-dessus du foyer. Le couple vivait au rythme des échanges ordinaires et des échéances planifiées : « Ton café, mon bébé. – Merci, mon bébé. – Tu rentreras tard, mon bébé ? – À tout à l'heure, mon bébé ! » J'assistais à cette désescalade désolante. Oh ! bien sûr, cela n'avait jamais été l'Himalaya entre eux, mais de là à imaginer cette Beauce sentimentale, cet électro-tendrogramme plat ! Maryse était ô combien une étoile bénéfique, mais cette étoile s'éteignait et dans le ciel de Joe brillait de plus en plus fort une autre femme. « Il s'éclate ! » disaient certains. Je leur répondais : « Jusqu'où, jusqu'à quand et à quel prix ? » J'avais peur pour lui ! Le domaine des Tuileries où le couple érodé se survivait pendant la construction de Feucherolles avait des airs de fin de règne. Et la révolution s'appelait Christine.

Comment ton père avait-il rencontré ta mère ? Je sais que les versions diffèrent. L'une d'entre elles est romantique : Joe, de passage à Rouen, aurait pénétré un jour par hasard dans la boutique de photo de ses futurs beaux-parents. Là, il flashe opportunément sur Christine, la jeune fille de la maison. Il craque. Merci Kodak ! J'ai du mal à y croire. Joe, pour sa part, m'a confié qu'ils s'étaient connus en 1972 dans un avion Paris-Genève alors qu'il se rendait aux sports d'hiver à Courchevel. Excellent skieur, il fréquentait volontiers les pistes lorsque la neige le permettait et l'anecdote paraît tout à fait plausible. De toute façon, peu importe où et comment leurs chemins s'étaient croisés, le destin était en route…

Jacques Brel m'a dit un jour à propos d'un de mes amis très chers : « C'est quelqu'un de malheureux qui fait tout pour ne pas le paraître et qui ne fait rien pour ne pas l'être... » Cette définition, je crois, s'appliquait parfaitement à ta mère. Quelle blessure traînait-elle, l'égérie légère de mon ami, quel drôle de mal animal et profond ? Qui connaît la réponse ?

Christine possédait un charme très attractif et d'ailleurs, nous avions failli, elle et moi... Oh ! Juste failli, bien sûr ! Je ne suis pas du genre à piquer les copines de mes copains. Mais failli quand même. J'avais rendez-vous avec elle un soir de 1976 au Saint Hilaire, notre cantine-club, rue de Rennes. Confidences made in Scotland. Christine attendait Joe et se plaignait de sa fraîcheur amoureuse. Elle avait visiblement amorcé le poisson qui mordait un peu, mais trop peu encore pour avaler l'hameçon. Je l'écoute. Et je t'avoue que plus elle en rajoute, moins je la crois. Une série de slows, elle m'invite, je la suis... Joe n'arrive toujours pas. J'essaie de l'appeler. Je tombe sur Maryse : « Il dort, il est épuisé. » Ta mère, excédée, me propose de changer d'endroit et d'aller boire un verre chez Dany, à deux pas de l'Étoile. J'accepte. Je commence peut-être à me laisser tenter. Nous sommes sur le trottoir de la rue de Rennes à attendre notre taxi. Qui peut deviner la suite ? Miracle ! Au moment où nous pénétrons dans la voiture, le portier nous hèle : « Monsieur Dassin au téléphone ! » Ton père s'est réveillé. Il nous rejoindra à L'Aventure. C'est ainsi que l'aventure entre ta mère et moi, Dieu merci, n'aura pas lieu. Nous avons seulement failli

© DR

« Il change vraiment. […] Il rit souvent fort, trop fort. Il prend quelquefois, bizarrement, un pseudo-accent marseillais qui m'irrite. Ses traits se creusent, le regard par moments se voile, se vide. » (p. 131) ▲

14 janvier 1978. […] « M. Joseph Ira Dassin, dit Joe Dassin, artiste de variétés, prend pour légitime épouse Melle Christine Jacqueline Delvaux, sans profession. » (p. 143) ▲

« … J'ai envie de vous dir' : Salut les amoureux
… Puisque, nous tous ici nous en réjouissons,
Dans huit mois sortira votre meilleur' chanson. »
(p. 145) ➤

▼ *« Je le sens tourmenté, victime permanente d'une terrible tempête intérieure. […] Ses mains tapotent nerveusement tout ce qu'elles touchent et le ton est souvent forcé. »* (p. 147-148)

« Joe vit désormais avec Christine. Il a loué une villa sur le golf, près de Saint-Nom-la-Bretèche, en attendant qu'à Feucherolles, la maison […] abrite son nouveau couple. » (p. 131)

« Il devient aussi, avec la complicité amicale et professionnelle de Gilbert et Maritie Carpentier, un incroyable animateur de télévision. C'est un bonheur pour lui de travailler avec ce couple si inventif et des invités qui sont ses amis : Carlos, Joëlle, Eddy Mitchell, Jeane Manson, Dave, Petula Clark […] » (p. 156)

« "C'est vrai, Claude, je me suis drogué mais à présent, c'est fini. Promis, juré, je n'y touche plus !…" J'aimerais le croire, mais pourquoi ces traits tirés, cette excitation permanente, cette logorrhée indigne de son intelligence et puis ce rire, toujours ce rire… » (p. 137-138)

▼▲ *« Joe semble enfin heureux. Sur la terrasse en planches devant le faré, il susurre à ton frère des “ainsi font font font” vaguement tropicaux. Jonathan rampe sous les couplets paternels, public ravi à quatre pattes. »* *(p. 161)*

▲ *« Certaines rondeurs que laisse déjà deviner la minceur extrême de ta mère promettent une deuxième naissance pour le prochain hiver, un bonheur appelé Julien. Une autre raison de se redresser, de se battre […]. » (p. 162-163)*

« En revanche, pour ta mère, malgré des efforts touchants, ça se passe moins bien. Elle a du mal à se rendre populaire. Ton père s'en fout, il est amoureux. » *(p. 163)*

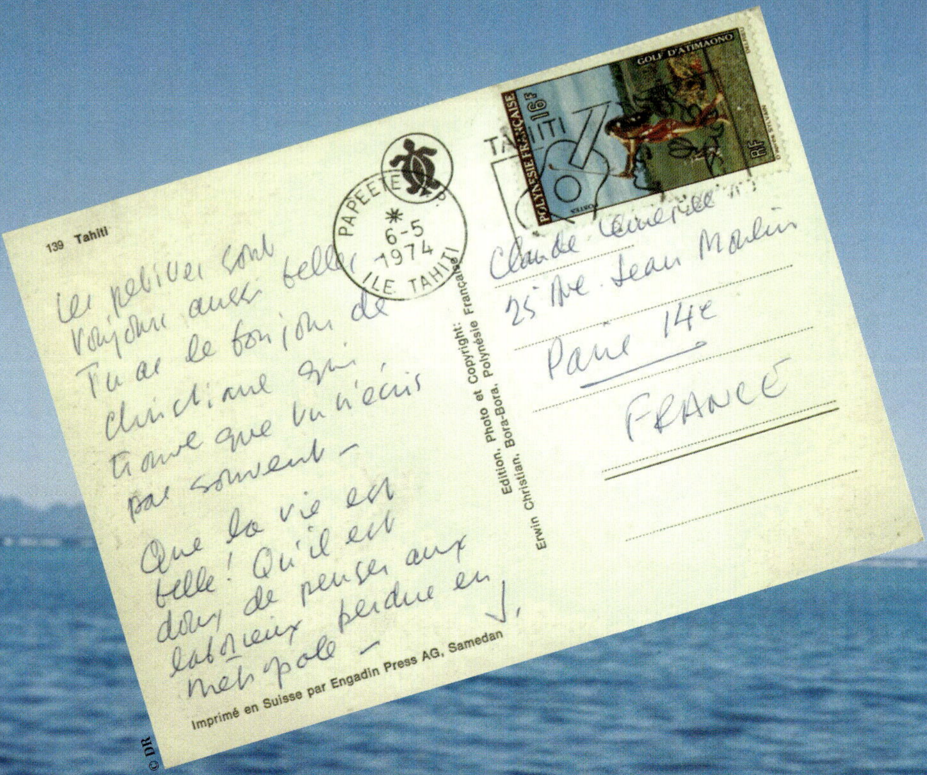
139 Tahiti

Les vahinés sont
toujours aussi belles.
Tu as le bonjour de
Christiane qui
trouve que tu n'écris
pas souvent –

Que la vie est
belle ! Qu'il est
doux de penser aux
laborieux perdus en
métropole –
J.

PAPEETE 6-5 1974 ILE TAHITI

POLYNESIE FRANÇAISE 16F GOLF D'ATIMAONO RF

Edition. Photo et Copyright:
Erwin Christian, Bora-Bora, Polynésie Française

Claude Lemesle
25 Ave Jean Moulin
Paris 14e
FRANCE

Imprimé en Suisse par Engadin Press AG, Samedan

▲ « J'ai devant moi le "vrai" Joe, celui que j'aime, et plus le zombie qui cherchait, voilà quelques semaines, à se faire passer pour Joe Dassin. Je quitte Papeete rassuré. » (p. 165)

« Joe m'appelle chez nos hôtes. Il me dit à quel point il est impatient de nous rejoindre. Il est heureux car il a obtenu la garde provisoire de ses bambins. Quand on pense au métier qu'il exerce, à tout ce que cela implique […], on mesure à quel point son précieux dossier était lourd ! » (p. 178-179) ▲ ➤

▲ *« Mercredi 20 août 1980. […] Joe avait l'air d'aller bien, tout à l'heure […]. Et puis, soudain, j'ai entendu clairement, concrètement […] cette horrible chose qu'on appelle le dernier soupir. » (p. 21)*

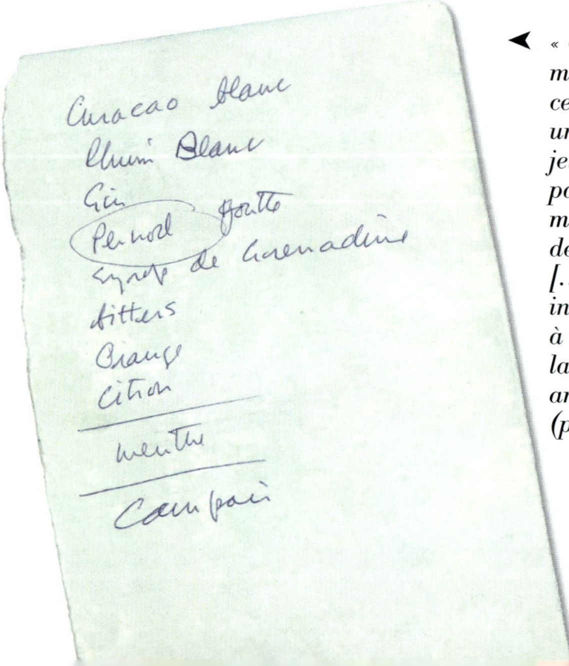

◄ *« Ce papier dans ma poche […], cette liste, ces mots, un peu d'encre jetée sur le papier par les derniers mouvements de sa main… […] Cette main inerte, à présent, à l'hôpital Mamao, la main de mon ami Joe Dassin. » (p. 22)*

faillir ! Quand Christine plus tard avouera à ton père qu'« avec Claude, un soir, un peu plus et… », il aura cette réplique délicieuse : « Mais qu'est-ce que tu lui trouves ? »

La situation devenait critique. Il lui fallait choisir et j'appréhendais le moment de cette décision entre une sécurité devenue sans joie et une incertitude aux perspectives étourdissantes. Joe m'y fit participer malgré moi Mars 1976, le téléphone. La voix grave, trop grave, de ton père :

« Claude. Viens me rejoindre, j'ai besoin de te parler.
– J'arrive !… »

Joe est en tournée dans l'Est, à Villerupt, très exactement. Villerupt ! Lacanien ? Ville de rupture ? Après le concert, nous nous retrouvons dans un club local. Pas question de draguer, ni de blaguer.

« Je n'en peux plus, me confie-t-il, Christine me poursuit, Maryse est désespérée… Moi aussi. Je fais quoi ? »

Hésite-t-il vraiment ? Ou veut-il que je confirme le choix qu'il a déjà fait de la future mère de ses enfants ? Je m'entends encore répondre : « Choisis qui tu aimes ! » J'en redoute les conséquences, mais lui donne cependant la réponse qu'il attend. Je me rends ainsi complice d'un drame conjugal prévisible, mais dans l'autre histoire, vous n'auriez pas été là, toi et ton frère, ses deux plus belles œuvres...

« Regarde-toi »

Joe vit désormais avec Christine. Il a loué une villa sur le golf, près de Saint-Nom-la-Bretèche, en attendant qu'à Feucherolles, la maison conçue par Maryse, abrite son nouveau couple. Je pense à ce mot d'André Roussin : « Beaucoup d'hommes doivent leurs premiers succès matériels à leur première femme et leur seconde femme à leurs premiers succès matériels. » Ton père change. La chemise ouverte et le pantalon sport laissent souvent place à un costume trois pièces, façon cadre de banque. La bourgeoisie rouennaise dont est issue ta mère serait-elle une maladie contagieuse ? Il change vraiment. Il rit souvent fort, trop fort. Il prend quelquefois, bizarrement, un pseudo-accent marseillais qui m'irrite. Ses traits se creusent, le regard par moments se voile, se vide. Son domicile provisoire est impersonnel, sans charme, alors que la rue d'Assas était tellement Dassin !

Jacques s'inquiète, moi aussi. Un dimanche midi, nous voici tous les deux à la porte de leur grande maison. Les amoureux nous ont invités et Christine doit nous mijoter un gigot de derrière les fagots… Silence. Quelques chants d'oiseaux dans les arbres, au loin, quelques golfeurs en train d'assouvir leur vice ordinaire. Personne ! Nous cognons, crions, piaffons. Joe apparaît enfin, visiblement il sort du lit et nous raconte un bobard invraisemblable : « Christine a été réveillée en pleine nuit par téléphone, elle a dû partir, en catastrophe, à Rouen dans sa famille ! Désolé… » Bonjour mensonge, adieu gigot ! « On bosse ? » fait Joe comme si de rien n'était en allumant un cigare sans même avoir pris une tasse de café. Comment fait-il ? Nous voici donc dans son bureau. Nous essayons de travailler, mais il est mal, il dort debout ! « Joe, tu as l'air épuisé. Repose-toi, nous, on rentre à Paris. »

Inutile de te dire que la route du retour est un long ruban de questions. Il faut se rendre à l'évidence : Joe, l'hyperprofessionnel, le travailleur méticuleux, déconne. Ce n'est pourtant pas le moment. Un artiste doit sans répit consolider sa carrière. C'est un funambule sur un fil fragile que le moindre souffle peut renverser. Mais c'est évidemment pour l'homme, bien plus encore que pour le chanteur, que nous nous inquiétons, pour l'ami que nous ne reconnaissons pas dans cet être énervé, absent, qui fuit nous ne savons quoi avec nous savons qui.

Pour couronner le tout, Jacques a pour ton père un projet ambitieux. Toujours à la recherche d'idées nouvelles, il a demandé au duo italien Cutugno-Pallavicini de composer pour Joe une sorte de mini-concerto, une chanson de douze à quinze minutes ! Quelque chose qu'aucun interprète n'a encore osé chanter. Le tandem a fonctionné, comme toujours, et nous avons reçu un morceau qui comprend plusieurs thèmes, mais sur lesquels, à présent, il faut écrire un texte !

Pierre Delanoë, l'homme pressé, décline l'invitation à collaborer sur cette musique qui, à son goût, dure trop longtemps. Bref, je me retrouve seul face à ce défi démesuré. Car Joe est fidèle. Il n'a pas envie de travailler avec d'autres auteurs. Lors d'une interview, il déclare : « Je travaille avec Pierre Delanoë et Claude Lemesle qui sont pour moi les meilleurs en France et qui sont, en plus, de bons amis. » José Arthur répond : « … qui sont parmi les meilleurs… » Joe : « Moi, je dirais les meilleurs. On est toujours de parti pris pour son équipe. » Rougissement rétrospectif et reconnaissance car les artistes fidèles sont plutôt rares ! Plus tard, il avouera à Jean Lanzi qui lui demande le secret de sa longévité, au printemps 1980 : « Tout d'abord, il faut une sacrée chance, c'est certain. Il faut beaucoup travailler, c'est certain. Il faut une certaine prédisposition, c'est certain, il faut avoir la chance de tomber sur des collaborateurs valables et les garder, c'est certain mais il faut en plus de tout, une chance énorme… » Sacré Joe ! C'est vrai mais quand va-t-il se trouver plus qu'une certaine prédisposition ?

Je reste donc seul, face à ton père, abandonné pour une fois par mon complice en mots. Il faut inventer une histoire, la situer. J'imagine le jardin du Luxembourg, proche de la rue d'Assas où naguère... J'attaque. Je commence par quelques phrases qui ravissent ton père : « Le jardin du Luxembourg... Il y a des étudiants qui rêvent qu'ils ont fini leurs études et des professeurs qui rêvent qu'ils les commencent... Encore un jour sans amour, encore un jour de la vie, le Luxembourg a vieilli. Est-ce que c'est lui, est-ce que c'est moi ?... Je ne sais pas... » Joe est heureux comme aux plus beaux jours, dans la maison de ses plus belles nuits. Il écoute, refuse, accepte, pinaille, m'encourage, me décourage apparemment comme d'habitude...

Je termine la première partie à la grande satisfaction de « Curly Head » (tête bouclée), comme le surnomment joliment ses deux sœurs Ricky et Julie. Le second et dernier acte est moins réussi. J'aligne des lieux communs, me contentant de mots qui fonctionnent avec la musique mais n'apportent strictement rien à l'histoire qui se conclut, banalement, médiocrement, par une envolée attendue. Joe le difficile devrait me demander de recommencer, évoquer le fameux Nirvana cher à son cœur. Rien de tout cela ! Il abdique, consent, ratifie, écrit sur mon cahier le mot qui ponctue toujours nos recherches : « Bronze ! »

Joe n'a-t-il plus d'exigences ? Qu'est-ce qui le paralyse ? Il est absent. Trop tard, le jardin du Luxembourg est clos et ton père ne m'avouera que bien ultérieurement : « Ta première partie est réussie mais la deuxième est ratée ! » Il avait raison, mais que ne l'a-t-il dit plus tôt ?

Cela nous aurait évité un semi-échec fustigé quelques semaines plus tard par un critique qui, en mal d'indulgence, traitera l'œuvre de « concerto pour Prisunic » !

Deauville. Le fameux bureau. Les ancêtres toujours réduits à leur emploi d'anti-inspirateurs. Une autre musique assez courte, celle-là, pour que notre Pierrot national s'y attelle avec moi. Le couplet a été composé par Jean Baudlot, le refrain par Joe lui-même. Le morceau commence par un dissyllabe. « Do-Sol... » Je trouve presque instantanément : « À toi » et suggère à mon collaborateur plumitif de décliner l'œuvre en trois parties : « À toi, à moi, à nous ». La chanson naît facilement. Nous avons le sentiment qu'elle n'est pas mauvaise mais nous nous attendons de la part de Joe à quelques remarques bien senties qui vont évidemment tout remettre en question... Nous ne l'avons pas affublé du sobriquet « mec atta-chiant » pour rien !

Rien ne se passe ! Joe, dans son nouveau costume trois pièces, acquiesce de A à Z. Nous sommes abasourdis. Où est passé le vétilleux enquiquineur qui, mot par mot, vers par vers, discutait nos moindres idées ? Cet amoureux docile et mal endimanché est-il vraiment l'artiste hyper-exigeant qui, il y a encore un an, nous faisait suer nos phrases ?

Il manque encore une chanson pour achever l'album dont la première face est squattée par l'interminable « Jardin du Luxembourg » et le succès de l'été passé, enregistré en plein délire : « Il était une fois nous deux ». Joe nous livre, alors, sur une cassette, une mélodie qu'il a composée lui-même. Incompréhensible ! Inextricable ! On croirait entendre les borborygmes d'un enfant essayant d'ânonner une musique. Je dois faire un effort incroyable pour remettre les thèmes dans l'ordre et donner une cohérence à ce pauvre puzzle musical. Dans quel état ton père était-il lorsqu'il a enregistré cette cassette martienne ? « Un jour, ils feront de la chanson pour chiens !... », disait Brel. Là, ce n'est pas encore de la pâtée, mais c'est presque de la bouillie !

Pierre et moi tentons de nous débrouiller, avec ma reconstitution sommaire. Le résultat est finalement convenable. Ce texte s'appelle : « Que sont devenues mes amours ? » et nous, nous ne pouvons pas nous empêcher de penser : « Qu'arrive-t-il à notre ami ?... »

« Tellement bu, tellement fumé »

La mort jubile en nous avec le rire du diable. Quel pauvre humain n'a pas son démon prédateur, son rongeur d'âme ? La Bête déploie une imagination féroce envers et contre les trop vivants. Joe, sous une carapace solide, est un tendre, une proie facile. Il a toujours du mal à s'aimer et n'aime pas par hasard ce qui lui fait du mal.

Cela a commencé doucement. Quelques pétards partagés avec ses musiciens dans la décompression du tour de chant. Quelques bonnes parties de rigolade pas bien méchantes. À quel moment la cendre brune a-t-elle laissé place à la poudre blanche ? Je n'en sais rien… Qui l'a initié ? Je n'en sais rien non plus...

Oh les mauvais jours ! Oh les mensonges ! Les confidences dans la voiture sur le chemin du studio : « C'est vrai, Claude, je me suis drogué mais à présent, c'est fini. Promis, juré, je n'y touche plus !… » J'aimerais le croire, mais pourquoi ces traits tirés, cette excitation permanente, cette logorrhée indigne de son intelligence et puis ce rire, toujours ce rire…

Le golf, tout de même, lui permet d'entretenir un semblant de santé ainsi que son tour de chant qui est un véritable exercice physique. Mais les nuits doivent être terribles, incroyables. Fous d'inquiétude, nous faisons ce que nous pouvons pour l'aider. J'appelle Jacquot, Charley Marouani, des amis médecins dont l'ex-secrétaire de ton père, Jean-Pierre Durand. Je discute avec Pierre Lumbroso, son régisseur. Mais, je l'avoue, Joe m'intimide toujours. J'hésite à lui parler franchement. L'amitié autant que l'amour peut être lâche.

« Je n'y touche plus. » Tu parles ! À qui veut-il faire croire qu'il a arrêté, lui qui a chanté : « À d'autres mais pas à moi !… » Dégringolade ? Mal-être ? Joe, l'homme courtois, devient désinvolte, parfois impoli… Un jour, il m'avoue qu'il est ennuyé de ne pas connaître les programmateurs de France Inter. Pour lui faire plaisir et sachant que cela peut lui être utile, je les invite à passer une soirée avec lui, à la maison. Je choisis un traiteur, convoque Pierre Delanoë, commande quelques bonnes bouteilles. Le soir dit, toute l'équipe est là : Jeanine Leroy, André Marchand, Annie Jurga, etc. Ils sont heureux et sincèrement curieux de rencontrer cet artiste qu'ils admirent et diffusent régulièrement sur leurs ondes. Joe est très en retard. J'invite mes convives à attaquer le buffet, à goûter le bordeaux. Ah ! Le voilà enfin… Il est 22 heures. Joe salue à peine mes invités. Il saisit un verre et se dirige, fébrile, vers ma chaîne stéréo. Là, il inflige à l'auditoire qui rêvait simplement de bavarder avec lui, les chansons d'une comédie musicale que nous sommes en train d'écrire et qui est loin d'être terminée. Il fait chaud. Les fenêtres de la rue des Wallons sont ouvertes, la musique tonitrue. Les gens, sur les balcons alentour, protestent, gueulent. Joe n'entend rien… Il laisse défiler cinq-six chansons qui assourdissent tout le monde, puis prend congé de mes convives interloqués ! Je reste seul comme un imbécile, avec mon buffet, mes invités et ma colère.

« La fan »

Montréal. La place des Arts. C'est un bonheur d'y chanter. Le Québécois n'est pas bégueule. Il s'enchante volontiers et le fait savoir. Il est l'antithèse de la définition que ton père donne des snobs et que j'ai déjà évoquée. C'est un auditoire de qualité, pas conquis d'avance mais toujours spontané. Joe est en scène depuis une bonne demi-heure. Je regarde le spectacle des coulisses, car il n'y a pas un seul strapontin de libre. Une femme assez jeune, non loin de moi, dévore le tour de chant et le chanteur des yeux. Du cœur aussi, certainement. Je l'observe, fasciné par son attention presque magnétique. L'artiste, dont les sunlights démesurent l'ombre, est comme un aimant, un amant qui happe cette spectatrice privilégiée.

Soudain, ton père, entre deux chansons, décide de me présenter au public. Je l'entends confier : « Tout le monde croit que je chante mes chagrins d'amour, c'est faux. En réalité, je chante les chagrins d'amour de

Claude Lemesle. » Qu'est-ce que j'ai pu l'entendre, celle-là ! « Il est avec nous ce soir, je vous demande de bien vouloir l'applaudir. » Je pénètre sur la scène, salue maladroitement, reçois une bonne salve de bravos et sors en courant retrouver mon cher anonymat. Curieusement, l'admiratrice clandestine dirige à présent ses regards autre part que vers la scène. Elle s'approche et après un temps d'hésitation m'adresse la parole :

« Monsieur Lemesle ?

– Oui ?

– Je voudrais vous dire quelque chose…

– Oui ?

– Vous ne pouvez pas savoir le nombre de fois où vos chansons m'ont empêchée de faire des bêtises… »

Je bredouille quelques banalités et reprends l'observation attentive du tour de chant de ton père. Mais je suis bouleversé. Et je me dis qu'il a raison : ne serait-ce que pour ça, cela vaut la peine de surmonter nos doutes et de faire, aussi bien que nous le pouvons, notre métier d'« aideur de gens à vivre ». Tard dans la soirée, je raconte cette histoire à Joe. Nous en ferons une chanson : « La fan ».

« Salut les amoureux »

Janvier 1978. Matin pluvieux à Cotignac. Plus que pluvieux. « Señor Météo », concocté un jour par ton père et moi pour Carlos, est pris en flagrant délit de déluge. Un cortège trempé s'achemine tristement vers la mairie du village méridional où Joe a obtenu un terrain en échange d'un tour de chant. La municipalité n'avait pas les moyens de lui payer son cachet !

Aujourd'hui donc, « M. Joseph Ira Dassin, dit Joe Dassin, artiste de variétés, prend pour légitime épouse Mlle Christine Jacqueline Delvaux, sans profession ». Où sont les copains du chanteur, compositeurs, auteurs et les autres ? Les enfants gâtés des médias sont restés à Paris. Dans la foule, on remarque Serge Lama, un homme au cœur aussi vaste que son talent, mais qui ne fait pas partie, a priori, des intimes de ton père. Adorable Serge !

Joe, armé d'un parapluie dégoulinant et déguisé en marié provincial, vient me voir :

« Claude, désolé, je voulais que tu sois mon témoin, mais je connais mal la législation française. J'en ai déjà deux et je ne veux pas faire de la peine à Pierre Lumbroso et à Jacquot… » Je resterai noyé dans la foule pour assister à l'échange des anneaux.

Banquet, le soir, dans une auberge locale. La famille normande de Christine est venue en force et met l'ambiance. Lama, légèrement allumé par le vin rouge qu'il affectionne, ponctue les agapes de son rire étonnant. Quant au marié, il tangue de table en table, grisé d'amour et d'alcool… Un orchestre du cru rythme ce roulis matrimonial avec une désinvolture professionnelle. Je gratifie les amoureux d'un compliment de circonstance :

La mairie, la mairie, comme dit l'air connu,
La mairie, tu voulais l'avoir et tu l'as eue…

Le créateur des « Petites femmes de Pigalle » s'empare du micro et, accompagné par les musiciens nuptiaux, offre à l'assistance un court aperçu de son talent. Joe ne veut pas être en reste. Il grimpe comme il peut l'escalier de l'auberge provençale et, du haut des marches, entonne une complainte irlandaise qu'il nous inflige au moins quatre ou cinq fois. Terrible ! Sa prestation bouclée, nous tentons tant bien que mal de le raccompagner. Il tombe, heurte un piano, se blesse. Drôle de fin de fête...

Lors du mariage, ta mère était déjà enceinte de ton grand frère, Jonathan. Mon texte y faisait allusion :

« *Salut les amoureux* »

... J'ai envie de vous dir' : Salut les amoureux »...
... Puisque, nous tous ici nous en réjouissons,
Dans huit mois sortira votre meilleur'chanson.

Ces quelques vers de circonstance et de mirliton m'avaient valu des pâmoisons peu méritées...

À la fin de l'été, juste au moment où ta mère doit accoucher, Joe part à nouveau chanter au Canada. Je me souviens parfaitement de ses mots :

« Claude, dès que mon fils naît, tu prends l'avion pour Montréal et tu m'apportes les premières photos !

– Pas de problème. Tu peux compter sur moi. »

Depuis le temps qu'il attend de connaître cette joie de la paternité, la fatalité veut qu'il travaille sur un autre continent, juste au moment où elle va lui être donnée. Je comprends son impatience ; je peux bien faire ça pour lui !

14 septembre 1978. Je rentre rue des Wallons après un dîner avec ma compagne Babette. 23 heures. Christine au téléphone : « Ça y est, Claude, Jonathan est né. – Je serai là demain à 9 heures. ».

Le lendemain matin, je me pointe à l'heure dite à l'hôpital américain de Neuilly. Ta mère sourit, Jonathan vagit. Un Polaroïd. Je tremble un peu ! Les photos en boîte, je prends le premier vol pour Montréal. 13 h 20, Aéroport de Mirabel. Une voiture m'attend pour me conduire à Québec où l'heureux papa chante. Arrivé à l'hôtel, je prends l'ascenseur, je frappe à la porte de la chambre. Joe m'ouvre. Il se précipite sur les photos, contemple extasié mes clichés flous :

« Je n'ai jamais vu Christine aussi heureuse… », murmure-t-il.

Même devant la première image de ce fils tant attendu, tant désiré, c'est à Christine qu'il pense, c'est son sourire qu'il remarque.

Je suis la tournée. Nous fêtons cent fois la naissance de l'héritier. Québec, Ottawa, Montréal, New York… et Paris ! 21 septembre, le vol AF 001 de 13 heures en Concorde pour rejoindre le plus rapidement possible les deux êtres qu'il aime le plus au monde. Roissy. Vite, Feucherolles ! Nous arrivons vers minuit dans la demeure familiale. Joe voit enfin son fils dans le berceau de l'amour, le prend dans ses bras, le serre sur son cœur. Il est heureux, juste un peu déçu, peut-être, que l'émotion de cet instant unique soit captée par des journalistes : « Monsieur Dassin par ici, monsieur Dassin, s'il vous plaît… » Jamais un bonheur si longuement attendu n'aura été si tristement volé – en tout cas, c'est ce que j'ai eu la faiblesse de penser.

Un taxi raccompagne ma colère rue des Wallons. Les journalistes sont certainement rentrés eux aussi. Jonathan dort dans son berceau d'innocence et ton père rêve pour lui d'un avenir fantastique…

« Après la fête »

« Voir un ami pleurer », chante le Brel marquisien... Oh ! ce n'est pas le genre de ton père, mais qu'est-ce qu'il morfle ! La naissance de Jonathan a été, bien sûr, un bonheur immense. Mais je le sens tourmenté, victime permanente d'une terrible tempête intérieure.

Et pourtant, deux albums en 1977 et 1978 avec un certain nombre de réussites : « Dans les yeux d'Émilie », « La demoiselle de déshonneur », « Un lord anglais » (musique de William Sheller), « Côté violon, côté banjo » (mélodie de Cutugno) et la presque nihiliste « La vie se chante, la vie se pleure » :

La vie se chante,
La vie se pleure,
Elle est changeante
Comme les couleurs.
La vie s'allume,
La vie s'éteint
Et, sans rancune,

« Puisque tu veux tout savoir ! »

Rien ne rime à rien.
Un enfant de soixante-dix ans
A rendu ses billes sans avoir rien compris…

Les mots ne sont pas de lui, bien sûr, mais Joe nous les a inspirés. Le jeune homme décontracté, épanoui, qui chantait sourire aux lèvres « La fleur aux dents » est bien loin… Joe était alors un colporteur de bonheur, le bon profil de la vie. À présent, on sent chez lui une telle angoisse ! Ses mains tapotent nerveusement tout ce qu'elles touchent et le ton est souvent forcé… Et pourtant. Un bon Olympia en février 1977 avec, pour l'entrée en scène, une version française du magnifique « Sir Duke » de Stevie Wonder. Un autre, en décembre 1978, moins réussi, plus crispé, avec une seconde partie en costume noir, entièrement noir ! J'en frémis encore.

Est-il possible que la vie redevienne claire pour cet être généreux ? Un des seuls, parmi tous ceux que j'ai connus, capables d'aider quelqu'un discrètement, comme il l'a fait avec Boby Lapointe lorsque sa maison de disques ne voulait plus de lui, faute de ventes. Joe a proposé de faire sa direction artistique bénévolement, afin qu'il puisse enregistrer. C'est même Philips qui a insisté pour que le nom de Joe figure sur la pochette (publicité oblige !). Ton père, lui, ne voulait pas.

Malheureusement, pour l'instant, les choses ne s'arrangent pas. À l'occasion de mon anniversaire, j'ai invité quelques amis. Nana Mouskouri, Michel Fugain, Alain

Goraguer, Julien Guiomar, Serge Korber, j'en passe et, évidemment, Joe Lapin... Mes trente-deux bougies se soufflent sans ton père. Le lendemain, coup de fil ahurissant de M. Dassin :

« Claude, désolé pour hier. Problème de date. Tu sais, le mois de septembre ne comporte que trente jours et j'ai oublié de régler ma montre. Depuis le 1er octobre, j'ai un jour de retard. »

Il y a sûrement marqué « Ducon » sur ma carte de visite pour qu'il croie que je vais gober une couleuvre pareille. Sacré Joe ! N'aurait-il pas été plus simple de m'avouer simplement qu'il avait complètement zappé ma petite fête ?

Un peu moins de deux mois après la naissance de ton frère, ton père a 40 ans. Il est, en principe, à mi-vie. Petit raout à Feucherolles. « Happy birthday to you, happy birthday to you... », chantent, le cœur serré, quelques potes de l'« équipe à Jojo », relayés par la famille de Christine. Joe apprécie la surprise, mais il semble à bout... À 40 ans ?

Deux jours auparavant, le bouquet ! Il est 17 h 30. La caravelle d'Air Inter n'a pas encore quitté son parking. Nous sommes installés au fond de l'appareil. Joe est nerveux. Une annonce : « Mesdames et messieurs, ici le poste de pilotage, nous devons procéder à une vérification technique. Nous vous remercions de votre patience. » Joe n'apprécie pas. Claustrophobe, il a pour habitude, dès qu'il s'est installé dans un avion, de se précipiter sur un bouquin ou sur des mots croisés. En l'occurrence, là, il sort une cigarette de son paquet, l'allume. Une hôtesse intervient aussitôt : « Monsieur Dassin, désolée, c'est absolument interdit avant le décollage ! – Vous voyez bien que je suis en train de l'éteindre... », rétorque ton père avec un aplomb et une mauvaise foi qui la font sourire.

Deux heures plus tard, Nantes. Le Central Hôtel. J'invite Joe à manger un morceau. « Non, me répond-il, je vais aller me reposer dans ma chambre. » Je l'approuve, il a l'air crevé... Il doit récupérer avant le tour de chant de ce soir. Deux mille Nantais l'attendent, selon la presse locale, avec impatience.

À 21 h 30, nous sommes parés à partir, dans la voiture conduite par Pierre Lumbroso, le fidèle régisseur. Je regarde Joe. Il n'a pas l'air reposé. Toujours surexcité. Peut-être ce fameux trac qu'il dit ne pas avoir ? Carquefou. Un grand hall d'expo où l'on a installé une scène et une sono. Ton père se verse un large whisky et allume clope sur clope. Nous lui suggérons de ralentir un peu. Rire énorme ponctué, en guise de provoc, d'une grande rasade de scotch.

L'orchestre que dirige Alain Hattat attaque les premières notes de l'intro : « L'Amérique ». Joe gravit les marches du podium dans un état second, reçoit la lumière et les cris de la foule et commence à chanter. Sa mémoire lui restitue mécaniquement les textes de ses chansons. Et arrive « À toi ». Là, ça se complique car ce n'est pas une histoire avec un début, un milieu et une fin mais une succession de phrases et d'images sans repères logiques.

Au bout de quelques vers, ton père commence à ânonner des mots incompréhensibles et fait « La la la… ». Il s'arrête. Le public est généralement indulgent avec les trous de mémoire. Applaudissements. Joe se dirige en titubant vers le piano et entonne, d'une voix chancelante, « La demoiselle de déshonneur ». Cette chanson qui n'est pas vilaine devient, sous son articulation alcoolisée, presque vulgaire. Quelques sifflets. Quelques explications bredouillées : « Je me suis levé tôt ce matin pour donner le biberon à mon fils… » Le public breton s'indigne de ces excuses peu convaincantes et commence à huer franchement. Joe, désemparé, tangue sur le podium et tente de se raccrocher au micro.

Le reste du tour est indigne de lui. Joe termine tant bien que mal, pendant que le bon peuple nantais chante, narquois : « C'est à boire à boire à boire, c'est à boire qu'il nous faut oh oh oh oh !… » « L'Amérique, l'Amérique, je veux l'avoir et je l'aurai !… » réplique l'automate blanc. Pierre Lumbroso et moi sommes malheureux pour lui. Après le dernier accord, ton père s'engouffre dans la Mercedes honteuse et nous devons fendre une foule qui vocifère, crie au hold-up. Un long silence gêné sur la route de Nantes, puis Joe, embarrassé : « Ça m'apprendra à mélanger des médicaments avec de l'alcool… »

« Ça va pas changer le monde »

Dieu merci ! Ce fut à ma connaissance son seul dérapage en la matière. Ton père respectait trop son public pour renouveler ce genre de prestation. Très tôt, il avait souhaité faire de la scène. Sans avoir, à proprement parler, l'âme saltimbanque, la vie itinérante des tournées ne le rebutait pas. Il avait, d'ailleurs, idéalisé les tribulations familiales dues aux activités artistiques de son réalisateur de père dans un texte de Pierre Delanoë, « Le chemin de papa ».

Il venait de n'importe où, allait aux quatre vents,
Et dedans sa roulotte, nous étions dix enfants.
Et le soir, autour d'un feu de camp,
On rêvait d'une maison blanche en chantant :
Qu'il est long, qu'il est loin, ton chemin, papa…

Au début de sa carrière, il n'était pas vraiment à l'aise. Tony Harvey l'interpellait du fond de la scène : « Bouge ton cul, Dassin ! » Petit à petit, cependant, il parvint à juguler ou, du moins, à masquer sa grande réserve et à se familiariser avec le plateau, le public. Il avait des atouts : grand, de l'allure, du charisme. Ce qu'il est convenu d'appeler de la présence, cette inexplicable et indispensable aura. Il prétendait aussi ne pas avoir le trac, ce qui avait le don d'énerver Carlos, particulièrement traqueur. Le fait qu'il puisse dîner copieusement avant de chanter semblait le confirmer. Cependant, son véritable amour du public et la grande conscience qu'il avait de sa « mission » de chanteur populaire nous incitaient à ne pas trop le croire. Quand on l'observait avant l'entrée en scène, il paraissait assez nerveux et, avec le temps, ça ne s'est pas arrangé.

Ton père, pour sa part, donne à son soi-disant manque d'appréhension une explication assez fantaisiste : « J'ai commencé dans la chanson dans un petit café au centre des États-Unis où toute la salle aurait tenu dix fois sur cette scène. Et là, c'était mal vu de chanter debout, ça faisait prétentieux ! Comme il n'y avait pas de scène, on était obligé de nous mettre deux échelles au milieu de la salle parce qu'on travaillait à deux avec un copain qui est aujourd'hui aux PTT et on se perchait en haut pour qu'on nous voie. C'est pour ça que je n'ai pas le trac : le seul souci que j'avais, à cette époque, c'était que l'échelle ne tombe pas quand le garçon passait à côté avec les cafés… »

Cela dit, grâce à la répétition des galas et des tournées, Joe prend de l'assurance. En costume blanc, sobre, souriant, il séduit d'autant plus qu'il parle bien et qu'il fait preuve d'un humour efficace, aussi bien dans la présentation que dans la mise en scène des chansons.

Il se produira en tout quatre fois dans le théâtre de Bruno Coquatrix, la première (1969) et la troisième (1977) demeurant les meilleures. Par chance, celle-ci a été enregistrée aussi bien en audio qu'en vidéo. Quant aux tréteaux de province, il ne les néglige pas non plus, parcourant inlassablement la France à la rencontre du public, de ces gens qu'il aime sincèrement, sans affectation : « J'ai l'impression que d'avoir le droit ou le privilège de distraire les gens est une chose importante, déclare-t-il dans une interview. En définitive, on accepte peu de "distracteurs" publics. Je considère cette reconnaissance comme un honneur et j'ai l'impression parfois de ne pas le mériter. C'est vrai, chaque fois que je grimpe sur une scène, je me dis : "C'est pas possible, je ne leur donne pas assez !... J'ai l'impression que s'il y a quelqu'un qui quitte la salle sans s'être amusé, je l'ai volé... » Toute l'humilité scrupuleuse et tendre de ton père !

Au-delà des frontières et des océans, on peut aussi l'applaudir. Il jongle avec les langues aussi bien qu'avec les notes, passe d'une capitale à l'autre, d'est en ouest, du russe à l'allemand et à l'espagnol, comme un enfant passe d'un jeu à l'autre. C'est un polyglotte étonnant. Il chante donc un peu partout, en Afrique, en Amérique du Sud, en URSS, au Canada, en Océanie, en Iran, et dans presque tous les pays d'Europe. Chaque fois avec succès. Le jeune homme emprunté et timide en chemise rouge et pantalon noir devient peu à peu un vrai showman en costume blanc, un de ces globe-trotters du spectacle qui, parfois, se réveillent dans leur hôtel en se demandant où ils sont…

Il devient aussi, avec la complicité amicale et professionnelle de Gilbert et Maritie Carpentier, un incroyable animateur de télévision. C'est un bonheur pour lui de travailler avec ce couple si inventif et des invités qui sont ses amis : Carlos, Joëlle (Dieu, qu'elle était jolie !…), Eddy Mitchell, Jeane Manson, Dave, Petula Clark, Johnny Mathis, Nana Mouskouri, etc. Joe s'amuse à montrer des facettes inattendues de son talent : comédien, danseur, présentateur, découvreur. On a oublié que c'est lui qui fait passer pour la première fois Michael Jackson à la télévision française avec ses frères ! Je revois toujours ces « n° 1 » avec plaisir et émotion en me disant que ton père, introverti notoire, était tout de même loin d'être nul en exhibitionniste malgré lui ! Cela dit, selon Carlos, sur un plateau de télévision, contrairement à la scène, il avait le trac : « Il aimait qu'on se retrouve au maquillage et qu'on se raconte des blagues pour se détendre. »

« Vive moi »

Je suis invité à dîner, en cette belle soirée de fin de printemps, dans l'île Saint-Louis chère à Léo Ferré, par la dynamique comédienne Amarande, en compagnie de son mari, Martin, de sa fille, Brigitte, et de son grand ami, l'écrivain Guillaume Hanotaux. L'ambiance est détendue, chaleureuse. La maîtresse de maison, virevoltante et volubile, nous raconte ses derniers rôles. Nous buvons simultanément ses paroles et l'apéro en prenant bien garde de ne pas en abuser. Soudain, le téléphone. Notre hôtesse décroche, gratifie son interlocuteur d'un « Ne quittez pas ! » très en situation puis : « Claude, c'est pour toi ! » J'ai commis l'imprudence de laisser le numéro de la dame sur mon répondeur et ce qui devait arriver arrive...

Ton père est en séance, il enregistre notre nouvelle chanson, « Le dernier slow », cela ne peut être que lui : « Allô ?...– Allô, Claude ?... » Gagné ! De toute façon, j'aurais pu camper en Patagonie, pêcher au Groenland ou faire du stop dans les steppes de l'Asie centrale, il aurait fini par me retrouver !

« Que se passe-t-il ? – La quatrième phrase du refrain, ça ne va pas du tout. Je ne peux pas chanter ça, il faut me la changer ! – Joe, je dîne chez des amis, je te la change demain. – Pas question, tout doit être en boîte ce soir !... »... Il raccroche.

« Un problème, petit Claude ? demande gentiment mon amie. – Oh ! Trois fois rien ! C'est Joe Dassin qui m'appelle du studio CBE. Il voudrait que je change une phrase dans un de mes textes. »

En réalité, je ne suis pas le seul auteur de cette chanson, j'y ai travaillé, comme presque toujours, avec Pierre Delanoë mais, dans ce genre de circonstance, c'est moi que ton père appelle, pas mon collaborateur : il n'ose pas...

Chœur des convives : « Ne t'inquiète pas, Claude, trouve-lui sa phrase pendant que nous finissons l'apéritif et nous dînerons tranquillement après... »

C'est tout à fait aimable de leur part mais au train où vont les mots avec cet inquiet congénital, Amarande a intérêt à tripler le stock de cacahuètes !

Le problème est le suivant : le début du refrain convient à ton père mais pas la dernière phrase...

Et si ce soir, on dansait le dernier slow,
Un peu de tendresse au milieu du disco.
Et si ce soir, on dansait le dernier slow...

Le reste est dans les limbes. Je cherche, cherche, tandis que les verres se vident et se remplissent et que mes commensaux compatissent à mes réflexions douloureuses en forçant sur les saucisses-cocktail. Une heure, vingt communications et deux bouteilles plus tard, Joe approuve enfin un ixième vers :
« Comme si l'air du temps se trompait de tempo... »

Je ne saurais trop dire si c'est bon ou pas. En tout cas, ça a au moins le mérite de nous permettre de passer à table. La sémillante comédienne et ses convives se souviendront longtemps de mes cogitations apéritives !

« Un peu de paradis »

18 août 1979. Six ans après notre première escapade tahitienne commune, ton père débarque avec ta maman, Jonathan et la nounou Conchita à Faa'a, dans la moiteur du petit matin. Le mois d'août à Tahiti est un mois doux, sensuel et léger comme les effluves d'une bougainvillée. Paul Robert Thomas, l'ami médecin chez qui je loge à Paea a commis l'imprudence de s'envoler pour Rapa, une île lointaine, en compagnie de sa dulcinée. Christine décide de squatter la chambre du bon docteur... Pauvre Paul Robert ! Quand il rentrera de Rapa, il sera bon pour camper dans sa propre maison.

Joe semble enfin heureux. Sur la terrasse en planches devant le faré, il susurre à ton frère des « ainsi font font font » vaguement tropicaux. Jonathan rampe sous les couplets paternels, public ravi à quatre pattes. Ton père sourit. Je le filme. Joe est un très bon papa. Dans les premiers temps, quand ton frère n'avait que quelques mois, il se levait la nuit, lui donnait le biberon, le changeait – rien que de très normal, d'ailleurs... À présent que Jonathan est plus grand, il l'entoure d'affection et de musique, l'enveloppe de ces attentions chaleureuses qu'il sait si bien dispenser autour de lui.

Nous travaillons sur ce qui sera le dernier album de Joe. Une bière tahitienne, deux-trois accords... Il a vraiment l'air d'aller mieux entre tendresse paternelle et satisfaction professionnelle. Il a en effet décidé d'adapter en français des chansons de Tony Joe White, une de ses idoles américaines, auteur pour Elvis Presley du fantastique « Polk Salad Annie ». Au loin l'océan joue à briser les récifs du lagon.

Les merles des Moluques sifflent dans l'azur leur refrain numéro un sur radio cocotier mais Joe, mon Joe est là qui ne me lâche pas. Je le retrouve enfin, détendu et satisfait d'être ici, de travailler avec un ami sur des chansons qu'il adore. Jonathan marque le rythme sur les lattes de la terrasse. À ses côtés, ta mère fait semblant de bronzer. Les merles des Moluques ne mollissent pas... Les chansons, dans cette atmosphère de paix presque inespérée, se dessinent peu à peu sur mes cahiers à la grande satisfaction de ton père. Comme c'est bon de le voir ainsi, souriant, prêt à se battre pour sa propre résurrection et pour un album qu'il aime. Et puis certaines rondeurs que laisse déjà deviner la minceur extrême de ta mère promettent une deuxième naissance pour le prochain hiver, un bonheur appelé Julien. Une autre raison de se redresser, de se battre : vous voir grandir, ton frère et toi.

Outre Paul Robert Thomas, qui a la gentillesse de nous héberger, nous sommes toujours entourés de gens charmants, hospitaliers, absolument pas impressionnés par la célébrité de ton père. Ils aiment en lui l'ami délicat, l'homme attentionné et disponible, le convive agréable, le compagnon drôle et sensible. En revanche, pour ta mère, malgré des efforts touchants, ça se passe moins bien. Elle a du mal à se rendre populaire. Ton père s'en fout, il est amoureux. Pierre Mourareau, un de nos grands amis de Papeete, est un garçon drôle, grand amateur comme Joe de Boby Lapointe, qui entonne volontiers : « Eh ! Toto, y a-t-il ton papa, l'est pas là papa. » pour nous saluer. Bijoutier de son état, il gâte sa femme Lina en lui offrant des parures magnifiques qu'il conçoit lui-même. Or, en voyant l'une d'entre elles, ta mère demande sur-le-champ au Père Noël conjugal de lui offrir le même bijou. Et que ça saute ! Le lendemain, Joe s'est exécuté et Christine arbore en sautoir quelques dizaines de galas. Il va sans dire que ça n'impressionne absolument pas nos copines des antipodes.

Invitation a été lancée au couple métropolitain : le 22 août, grande bringue chez Pierre et Lina, à 20 h 30. Autour de la piscine, le joaillier et sa femme ont réuni un certain nombre de copains. La soirée est belle. Le spectacle des étoiles est, à l'autre bout de la planète, plus impressionnant qu'ici et sous cet écran formidable, le bonheur se balade quelques bulles à la main. Les voici... Christine exhibe à son cou la splendeur ruineuse. Mais son visage change brusquement d'expression : toutes les vahinés invitées par les Mourareau rutilent de bijoux plus beaux et plus chers les uns que les autres. La piscine, où leurs reflets se promènent, semble, elle aussi, constellée d'éclats lumineux. Petite revanche de femmes...

Cependant, les chansons avancent bon train. Tony Joe White, qui a promis de venir jouer de la guitare aux séances d'orchestre à Los Angeles, va se réguler. J'ai écrit un soir de mars dernier un texte qui a plu à ton père. Pour contrer l'ennui vertigineux d'un spectacle qui m'assoupissait, je m'étais mis à griffonner sur le programme un texte particulièrement sombre : « Le marché aux puces ». À cette époque, la couleur de ce brouillon correspondait assez à celle du moral de ton père qui avait promis de me le mettre en musique...

C'est ce qu'il est en train de faire sous les cocotiers polynésiens, un éternel clope au bec, une cervoise tahitienne posée devant lui. La musique naît peu à peu sur mes alexandrins. Une jolie mélodie, grave comme le texte, qui aura un destin curieux. En effet, Johnny la reprendra, près de quinze ans après la mort de ton père, sous le titre « La guitare fait mal ». Mais, pour l'instant, c'est le contraire : la guitare fait du bien, beaucoup de bien, Tahiti aussi… J'ai devant moi le « vrai » Joe, celui que j'aime, et plus le zombie qui cherchait, voilà quelques semaines, à se faire passer pour Joe Dassin. Je quitte Papeete rassuré.

« C'est un cœur de papier »

Los Angeles, 29 août 1979, nous nous garons dans un quartier périphérique qui ne paie pas de mine devant un immeuble plus que quelconque, un peu crade. On y entre par un couloir sombre et là, on découvre les studios où les plus grands artistes des États-Unis enregistrent : *ad augusta per angusta* ! Jacques et Joe sont HEU-REUX. Les musiciens sont d'une qualité rare et chaque prise est un vrai bonheur. Ils montrent une conscience professionnelle qui n'est pas toujours l'apanage de certains requins hexagonaux.

Tel un poisson dans la fumée de ce grand aquarium, un flacon de whisky à la main, Joe va et vient. Il se sent d'autant plus à l'aise qu'ici il parle anglais, lui l'Américain de naissance qui s'est toujours refusé à demander son passeport français. « Américain de nationalité, français de cœur », se plaît-il à dire.

Tony Joe White est bien là. L'entente entre les deux hommes est excellente. Ils échangent mots d'encouragement et sourires complices. La musique qui, peu à peu, s'imprime sur les bandes est différente de ce que ton père fait d'habitude… Plus folk, plus rock, plus rough. Il se délecte, il s'immerge avec volupté dans ce bain sonore, mais semble toujours un peu nerveux.

Finalement, le 1er septembre, toutes les bases orchestre sont en boîte. Joe et son producteur sont vraiment contents du résultat. Moi aussi, bien que je n'aie pas terminé mes textes car avec ton père c'est toujours très long ! Nous rentrons en France, via Chicago, non sans avoir subi une autre fantaisie de ta mère qui a piqué la carte d'embarquement première classe de mon copain guitariste Tony Harvey, afin d'installer Conchita, la nounou, à côté du bébé pendant le voyage. Je parlemente pendant un quart d'heure avec le chef de cabine pour que mon pote récupère la place qu'il a dûment payée. Sacrée Christine !

De retour à Paris, je mets la dernière main aux textes du nouvel album avec Pierre qui, pour une fois, a pris le train en marche. Il m'évite d'ailleurs une belle gaffe ! J'avais imaginé pour la chanson « You don't mess around with Jim », le refrain français suivant :

On casse pas le moral à Zorro,
On dit pas merde à Mesrine,
On tire pas le masque à Fantomas
Et faut pas faire de la peine à Jim…

Pierre me fait la réflexion suivante : « Mesrine est l'ennemi public numéro un ! Imagine qu'un de ces quatre, il soit à l'origine d'un carnage, on aurait l'air malins avec notre chanson ! Il faut changer ça tout de suite ! »

J'obtempère et les quatre vers deviennent :

On casse pas le moral à Zorro,
On dit pas merde à Capone,
On tire pas le masque à Fantomas
Et faut pas faire de la peine à John...

Avec Capone, évidemment, c'est moins risqué ! Le vendredi 2 novembre, le jour même de la sortie du disque, Jacques Mesrine tombe, porte de Clignancourt, sous les balles de la police. Incroyable mais vrai !

Curieusement, quelques années après la disparition de ton père, j'aurai quand même droit à un incident à cause de ce texte. Un autre passage dit en effet :

Je suis un as du billard,
Mon nom est Jacques Izambart
Mais pour les intimes, c'est Tom...

Inutile de préciser que Pierre et moi avons choisi ce nom tout à fait par hasard et uniquement pour la rime avec billard. Or, voilà qu'un jour, une dame à peine aimable m'appelle :

« Allô, monsieur Lemesle, je suis Mme Izambart.

– ? ...

– Mon mari s'appelle Jacques Izambart. »

À l'époque, j'avais franchement zappé cette chanson et je ne voyais absolument pas en quoi le fait que cette dame soit la femme de ce monsieur pouvait me passionner.

« … Celui dont vous parlez dans votre chanson…
– Laquelle ?
– "Faut pas faire de la peine à John" ! »
– Chère madame, j'ai choisi ce nom pour de simples raisons d'euphonie…
– Ça m'étonnerait, monsieur !
– Je vous le jure, madame…
– Mon mari jouait au golf avec Joe Dassin. »

Stupéfaction. Était-ce vrai ? Me mentait-elle ? Joe connaissait-il vraiment ce monsieur ? Si oui, savait-il son nom ? Mystère ! Toujours est-il que j'ai dû convaincre cette dame de ma bonne foi car je n'en ai plus jamais entendu parler.

Le disque est terminé au milieu de l'automne. Ton père en est vraiment fier. Le 5 novembre 1979 à l'Élysée Matignon, nous fêtons la sortie de l'album et ce qui restera le dernier anniversaire de Joe. Mon Dieu, qui pourrait le croire ? Il y a quelques amis, beaucoup de champagne. Joe a l'air fatigué, épuisé, mais ses nouvelles chansons lui plaisent. Il veut les défendre et les imposer.

La promo commence. L'album surprend, les ventes sont molles. Pourtant Jacques a fait ce qu'il a pu. Il a, fidèle à ses principes, mimé chaque chanson du disque pour les représentants, bateleur inspiré. Il a « vendu le bébé » aux vendeurs, en quelque sorte. Ceux-ci se sont pris au jeu à tel point qu'un de mes amis nantais a entendu chez un disquaire le dialogue suivant :

« C'est le nouveau Dassin, monsieur.
– Comment est-il ?
– Absolument nouveau. Fabuleux. Très moderne !
– Les paroles sont, comme d'habitude, de Pierre Delanoë et de Claude Lemesle, je suppose ?
– Ah non, ça, c'est complètement dépassé. Non, non, je vous dis nouveau, moderne… »
Un excès de zèle qui fait toujours plaisir.

« Blue Country » ne sera pas un triomphe, mais au moins Joe a essayé… Il s'est fait plaisir. Contrairement à ce que j'ai lu ici et là, je ne crois pas que ton père aurait poursuivi dans cette voie. Pour preuve, au moment où il nous a quittés, nous préparions des chansons beaucoup plus classiques, beaucoup plus « Dassin ». Après tout, avoir un style n'est pas scandaleux. Je trouve toujours ce disque réussi. Il est malheureusement oublié, malgré les lauriers que lui tressent parfois quelques puristes.

Trois mois plus tard, Joe s'est définitivement ressaisi, alors que, sincèrement, j'en désespérais. Instinct de survie après une alerte gravissime en décembre où ton père avait été victime d'une hémorragie interne ? Christine l'avait fait transporter à l'hôpital, ce qui l'avait sauvé.

« À mon fils »

Tu es né le samedi 22 mars 1980, alors que tes parents se séparaient. Ton père, désenvoûté de ta mère, était décidé à divorcer et n'avait plus qu'une idée en tête : obtenir la garde de ses enfants. Ce fut son dernier combat. Il le livra avec un courage et une dignité admirables, luttant contre la fatigue et les démons qui le torturaient toujours. J'ai mal quand je me remémore ce grand corps épuisé, ce regard traqué, les stigmates sur son front des excès et de la souffrance. Je le revois trimballant avec lui jour et nuit, où qu'il aille, le dossier qu'il constituait patiemment afin de garder près de lui ses deux petits amours. Pas de haine envers ta mère, non, juste la conscience douloureuse qu'il serait préférable qu'il élève lui-même ses enfants.

Joe promenait donc son dossier aux quatre coins de la ville. Il était désormais seul et je l'invitais volontiers aux soirées amicales que j'organisais à la maison : bonne bouffe, vin à gogo, guitare…

Il fallait préparer le single d'été. Jacques avait suggéré à ton père d'enregistrer la très belle version anglaise du « Marché aux puces », « The guitar don't lie ». Joe, enchanté de chanter en anglais, avait tout de suite accepté cette idée. Réécoute ce disque, Julien. Sa voix est belle, la chanson prenante, mais mon Dieu que c'est sombre, sombre !...

À court d'argent, je ne sais trop pourquoi, Joe devait aussi faire quelques galas, se montrer à la télévision pour promouvoir son nouveau 45-tours. Son précieux dossier le suivait toujours. Il y avait quelque chose de tragique dans cet effort surhumain pour remonter à la surface, respirer enfin un air respirable, arracher les griffes qui écorchaient son âme. Je sentais bien qu'il aimait encore Christine mais qu'il avait décidé de tourner la page. Oh, pas seulement pour lui, mais surtout pour vous, pour Jonathan, pour toi, Julien. Je crois que je n'ai jamais vu personne souffrir autant.

Nous essayions, ses amis et moi, de l'aider comme nous pouvions. J'avais réussi à lui faire apprécier le foot et je l'emmenais avec moi voir des matchs. À Nantes en particulier, le mercredi 9 avril, pour une demi-finale de coupe d'Europe contre Valence, ce qui lui valut une belle bronca de la part du public breton rancunier. Au Parc des Princes, aussi pour le tournoi de Paris ou chez moi, rue des Wallons, devant la télé, un bon ballon de rouge à la main. Je lui présentai à l'occasion mes amis de l'équipe des canaris : Henri Michel, Patrice Rio,

Maxime Bossis, Thierry Tusseau, Jean-Paul Bertrand-Demanes, Éric Pecout, Loïc Amisse, Bruno Baronchelli et leurs compagnes. C'étaient des soirées tranquilles qui lui permettaient de penser à autre chose. Il y prenait vraiment plaisir. Nous nous amusions à jouer les sélectionneurs – sport national ! –, à composer et comparer nos équipes de France. Nous allions même jusqu'à nous engueuler comme de vulgaires entraîneurs de comptoir. C'était bien.

Les choses repartaient doucement : « The guitar don't lie » avait l'air de plaire, ton père était ravi. Une chanson de lui en anglais qui démarrait fort, le rêve ! Jusqu'à ce lundi 16 juin. À 22 heures. Johnny Hallyday fête ses 37 ans au Pavillon royal, un restaurant du Bois de Boulogne. À ma grande surprise, j'ai reçu un carton d'invitation, alors que je connais à peine l'idole. J'y vais, non que j'aie un quelconque goût pour les mondanités nocturnes mais plus par curiosité, pour approcher ce grand artiste. Joe est là lui aussi. Je l'entends s'esclaffer à quelques mètres de moi... Je quitte les lieux rapidement non sans avoir essayé en vain de l'entraîner avec moi. J'apprendrai plus tard qu'il a eu une petite alerte ce soir-là.

C'est hélas le signe annonciateur d'un événement beaucoup plus grave : un mois plus tard, le 14 juillet, drôle de pétard ! La voix de ton père au téléphone :

« Allô, Claude. Je suis à l'hôpital américain, en soins intensifs, infarctus…

– J'arrive !… »

« *Puisque tu veux tout savoir !* »

Neuilly. La grande bâtisse un peu froide, les blouses blanches, les visiteurs paumés.

« Le service des soins intensifs, s'il vous plaît ?

– Prenez l'ascenseur, mettez une blouse et un masque. »

Je m'accoutre, me renseigne sur le numéro de sa chambre. Le voilà… Il est livide.

« J'ai eu un malaise, hier, à Cannes. Rien de très grave. J'ai tenu à rentrer à Paris pour être soigné ici. Tu vas bien ? »

Il vient de frôler la mort et il me demande comment je vais, c'est tout lui, ça ! Je lui donne des nouvelles de mes amours toujours chaotiques. Ça a le mérite de le faire sourire… Je lui promets de lui apporter le lendemain les deux vidéocassettes d'un téléfilm sur Zola que j'ai regardé et qui m'a enthousiasmé. Aussitôt dit, aussitôt fait. Le mardi à 18 heures, nous sommes de nouveau face à face. Lui, pâle dans ses draps blancs, et moi avec les deux VHS promises. Nous parlons du voyage aux USA que j'entreprends le lendemain avec ma nouvelle fiancée. En connaisseur, il se permet de critiquer mon itinéraire américain et de griffonner sur un morceau de papier les changements qu'il me suggère. Nous évoquons ensuite le séjour qu'il va faire en août à Tahiti où il doit nous rejoindre. Il me dit à quel point il est heureux à l'idée de se retrouver là-bas avec ses deux enfants et ses amis.

« La ligne de vie »

L'aéroport de Las Vegas est un grand casino, une pieuvre géante, pleine de machines à sous, dont les tentacules seraient des passerelles télescopiques. Ce samedi matin, 26 juillet, Babeth, Tony et moi y attendons d'embarquer sur le vol WA 780, destination San Diego, à l'extrême sud-ouest des États-Unis. Aucun espoir de trouver *L'Équipe* parmi les journaux proposés aux voyageurs ! Tony n'a pas apporté sa guitare et Babeth a épuisé ses lectures. Que faire ? Mon amie avise une machine différente des autres, silencieuse celle-là. Elle s'approche. L'appareil délivre des biorythmes, des cartons sur lesquels se dessinent, façon électrocardiogramme, l'avenir professionnel, émotionnel et les prévisions de santé d'un individu donné à un moment précis. Il suffit d'introduire quelques paramètres tels que le nom, la date de naissance. Babeth tire le sien et en sort un graphique avec des pointes plus ou moins élevées. Le personnel de la Western Airlines ne nous ayant toujours pas appelés, elle demande le mien puis celui de Tony. Nos cartes nous prédisent à tous deux des chances mitigées en amour, en affaires, etc. Toujours pas d'annonce. Je demande alors à ma compagne d'introduire dans la « voyante aveugle » les renseignements sur Joe afin qu'elle nous donne son biorythme pour septembre. Pourquoi septembre ? Toujours est-il qu'elle s'exécute, glisse un dollar dans la fente. Quelques lumières clignotent, puis le carton sort. Nous le regardons tous les trois, atterrés, bouleversés, incrédules : le biorythme est plat, absolument plat ! Nous nous écrions simultanément : « Il est mort ! »

Le choc une fois passé, notre trio cherche à se raisonner, à se rassurer : il ne faut pas croire à ces conneries, Joe lui-même ne manque jamais une occasion de fustiger le charlatanisme. Je l'ai souvent entendu dire : « Je croirai à l'astrologie quand il y aura des chaires d'astrologie à l'université ! » Alors, les biorythmes, tu parles ! Et puis, à ce compte-là, tous les gens nés le 5 novembre 1938 auraient disparu en septembre, etc. Nous décidons d'oublier l'incident mais, dans mon cœur, je ressens un étrange pincement.

Et revoilà Tahiti. Le DC10 d'UTA nous y pose le vendredi 1er août à 4 h 10 du matin et nous nous installons chez Jean-Michel Deligny, un ami animateur de radio et auteur, entre autres, de la fameuse photo de Brel qui figure à l'intérieur de l'album bleu.

Joe m'appelle chez nos hôtes. Il me dit à quel point il est impatient de nous rejoindre. Il est heureux car il a obtenu la garde provisoire de ses bambins. Quand on pense au métier qu'il exerce, à tout ce que cela implique comme préjugés plus ou moins justifiés, ses fréquentes absences de chez lui pour cause de studios, de tréteaux ou de plateaux, à la réputation qu'il a de ne pas être toujours sobre, quand on pense qu'en plus, le juge était une femme, on mesure à quel point son précieux dossier était lourd ! Ta mère, qui ne se remet pas de leur séparation, le harcèle jour et nuit au téléphone (plutôt la nuit). Elle l'empêche ainsi de dormir, de récupérer alors qu'il sort tout juste d'un accident vasculaire.

Dix jours plus tard, le lundi 18 août, enfin, il arrive au tout petit matin à Faa'a. Il n'est pas seul. Vous êtes là, ton frère et toi, ainsi que Bea, ta grand-mère, et Nathalie, sa nouvelle compagne. Il a vraiment l'air épuisé. Le voyage est d'ordinaire très long mais il l'a été plus encore car ton père, un peu juste financièrement, a pris des billets bon marché qui impliquaient deux escales. Invité à prendre le petit déjeuner chez nos amis les Casimir, ton père se livre, avec Gilbert et quelques autres potes, à une bonne partie de billard américain – il adore ça ! Les bons mots fusent, l'ambiance est joyeuse. Je remarque avec étonnement que Joe fume, ce qui me semble imprudent après son accident... Mais je me dis qu'après tout, les médecins qui l'ont autorisé à entreprendre ce long trajet vers les antipodes lui ont peut-être donné le feu vert pour quelques Winston sporadiques.

À 10 h 30, nous partons l'installer à Mataeia, tout au bout de l'île, dans un faré agréable que lui ont dégoté les excellents Casimir. Là-bas, seconde surprise : Joe s'isole dans la cuisine et je le surprends à boire du whisky en douce, en veillant bien à ce que ta grand-mère ne le voie pas ! Visiblement, le sevrage est difficile. Nous laissons les Dassin et Nathalie prendre possession de leur résidence et repartons vers Papeete, non sans avoir pris rendez-vous pour le mercredi 20, à 10 heures, chez Diméco, la boutique de Renée et Gilbert.

Toute la journée du mardi, j'essaye d'appeler ton père sur le numéro qu'il m'a donné (7-40-50), mais le téléphone sonne dans le vide. En réalité, la ligne n'a pas été branchée.

Mercredi 20 août 1980. À 10 heures tapantes, Joe, qui a toujours été la courtoisie et donc la ponctualité mêmes, entre dans le magasin des Casimir. Il est beau et semble plus reposé. Il est vêtu tout de blanc. Je me réjouis de le voir en forme. C'est évident, il s'est ressaisi, il est reparti. Finies les années noires, oubliées les folies dévastatrices. Joe revit.

Tout près de Diméco, se trouve un petit bistrot en terrasse où nous rejoignons Jean-Pierre Marquant, grand connaisseur des îles, avec qui nous avons décidé de faire une randonnée à Rangiroa. Joe discute ferme, s'intéresse à tous les détails de l'expédition. Il se réjouit de pêcher et de déguster des varots, car ton père raffole de ce coquillage. Vers 11 h 45, affaire conclue, nous quittons notre guide pour nous diriger vers le centre Vaima, en compagnie de Gilbert et Renée. Au restaurant Michel et Éliane, plusieurs copains nous attendent : les Bontant, les Mourareau. Bea est là, Nathalie aussi. Toi et Jonathan êtes restés au domicile des Casimir.

Avant le déjeuner, ton père prend un petit verre de vin blanc. C'est alors qu'on vient nous annoncer que notre ami Paul-Robert Thomas est en bas, au café Vaima. Nous descendons le saluer. Il nous propose de prendre l'apéritif. Joe, sagement, choisit un jus d'ananas et tape une cigarette à une jeune femme à côté de lui. Le médecin le sermonne un peu : « S'il m'était arrivé le même pépin qu'à toi, c'est la première chose que j'aurais arrêtée ! – Oh ! Je n'en achète plus, répond Joe, je les vole. » Il sourit.

Vers 12 h 30, nous remontons. Ton père par les escaliers, quatre à quatre, et moi par l'escalator vers le restaurant. Je me plais à penser que, décidément, il est en forme ! Nous avons faim et rejoignons la file d'attente pour le buffet. Chacun se sert et nous nous attablons, Joe en face de moi, légèrement sur ma gauche. Dans son assiette, des crudités et du poisson cru. Dans son verre, le vin blanc qu'il n'a pas encore terminé. On parle. Soudain, il bredouille quelques mots incompréhensibles – « Mais qu'est-ce qu'il m'arrive ? », croit comprendre Gilbert –, et s'affale sur sa chaise. Cela a duré une seconde. On le croit seulement évanoui, bien sûr, et on appelle un médecin, Paul-Robert étant malheureusement parti. Il s'en trouve justement un qui déjeune non loin de notre table. Il examine Joe et confie à Tony qu'il n'y a plus d'espoir. Mon ami anglais se garde bien de me le dire.

Nous allongeons ton père par terre, sur la moquette verte. Le souffle de l'air conditionné fait bouger ses cheveux, donnant une dérisoire illusion de vie. Gilbert, qui est kiné, et Tony, qui a pris des cours de secourisme, tentent le massage cardiaque et le bouche-à-bouche. Les ambulanciers de l'hôpital Mamao mettent vingt minutes à arriver. Je ne veux pas encore croire que ton père est mort.

Seul tourne dans ma tête notre dernier échange, il y a à peine un quart d'heure :

« Claude, écris-moi des textes, j'ai très envie de nouvelles chansons », m'a-t-il dit, puis brusquement : « Tu vois, cette petite, je n'arrive même pas à lui en vouloir… Je la plains. » J'ai répliqué, très remonté contre Christine à l'époque et, donc, forcément injuste : « Eh ! bien moi, je n'arrive pas à la plaindre car c'est la seule personne que je connaisse qui n'ait rien d'humain. » Alors Joe, souriant, serein, superbe : « Et tu trouves que ce n'est pas à plaindre, ça ? » Jamais on ne m'aura donné une si belle leçon d'humanité. Tel fut, pour moi, le testament de ton père.

Épilogue

par Julien Dassin

Il m'a toujours manqué un père au réveil pour me dire : « Bonjour mon fils. » Il m'a toujours manqué sa main pour prendre la mienne à la sortie de l'école et me ramener à la maison. Il m'a toujours manqué son regard tendre, sévère et juste sur mes questions d'enfant et mes réponses d'adolescent. Quand j'étais petit, papa était partout et nulle part. Je n'arrêtais pas de l'entendre et de le voir, mais je ne pouvais pas le toucher. Ma famille m'en parlait, bien sûr, mais de façon si contradictoire, parfois, que l'image, au lieu de se préciser, se brouillait.

Et puis j'ai grandi. Le temps des « bruits », des « rumeurs » est arrivé… L'éternelle litanie des allusions courageuses, le délicat cortège des « gens bien informés » : « On dit que… », « Il paraît qu'il et elle… », « Tu sais, ton père… ». Jusqu'à la calomnie finale : « Joe Dassin est mort d'une overdose à Tahiti », alors que dix témoins l'avaient vu, hélas, succomber à une crise cardiaque.

« Puisque tu veux tout savoir ! »

J'ai voulu savoir. Merci, Claude, de m'avoir dit la vérité. J'imagine qu'il t'en a coûté. À moi aussi, mais j'en avais besoin. À présent, je connais mieux mon père. Je sais ce qui l'a fait sourire, ce qu'il a souffert, comme il a aimé... Je comprends mieux ce qu'il a vécu, cet étrange changement de route. Pas une descente aux enfers, comme beaucoup le prétendent, non, juste une envie de paradis qui a mal tourné, une de ces passions ravageuses dont il est difficile de revenir. Il est mort juste avant de ressusciter.

Grâce à toi, j'ai rencontré mon père, cet inconnu. Plus je le connais et mieux je l'aime. Mon père, ma mère m'ont donné la vie et, quoi qu'il leur soit arrivé, je les aime. J'ai compris que, comme le disait maman : « Il restera toujours assis à côté de nous. »

Julien Dassin

Table

Discographie de Joe Dassin

45-TOURS

1959 : La loi (avec Gina Lollobrigida) • Instrumentaux. **1965 :** Je change un peu de vent • Il a plu • Dis-moi, dis-lui • Ça n'est pas une fille • Je vais mon chemin • Isabelle, prends mon chapeau • Mâche ta chique • Les jours s'en vont pareils • Bip Bip • Guantanamera • Je n'ai que mes mains • Pas sentimental. **1966 :** Ça m'avance à quoi • Combien de temps pour t'oublier • Comme la lune • Le tricheur • Katy Cruel • Excuse me Lady • Vive moi • Petite mama • Joli minou. **1967 :** Les Dalton • Hello hello ! • Viens voir le loup • C'est un cœur de papier • Marie-Jeanne • Tout bébé a besoin d'une maman. **1968 :** La bande à Bonnot • Plus je te vois, plus je te veux • Siffler sur la colline • Comment te dire • Ma bonne étoile • Un peu comme toi. **1969 :** Le petit pain au chocolat • Le temps des œufs au plat • Le chemin de papa • Les Champs-Élysées. **1970 :** C'est la vie Lily • Billy le Bordelais • L'Amérique • Cécilia. **1971 :** La fleur aux dents • La luzerne • Léquipe à Jojo • Le Portugais • Fais la bise à ta maman • Mais la mer est toujours belle. **1972 :** Elle était… Oh ! • La mal-aimée du courrier du cœur • Taka takata (la femme du torero) • Le cheval de fer • La complainte de l'heure de pointe • Un peu de paradis. **1973 :** Le moustique • C'est ma tournée • Salut les amoureux • S'aimer sous la pluie • Je t'aime, je t'aime • La chanson des cigales. **1974 :** Quand on a seize ans • À chacun sa chanson • Les plus belles années de ma vie • Fais-moi de l'électricité • C'est du mélo • Si tu viens au monde • Vade retro • Si tu t'appelles mélancolie. **1975 :** L'été indien • Moi j'ai dit non. **1976 :** Ça va pas changer le monde • Il faut naître à Monaco • Et si tu n'existais pas • Salut • Il était une fois nous deux • Les aventuriers. **1977 :** À toi • Le café des trois colombes • Et l'amour s'en va • Le château de sable • Dans les yeux d'Émilie • Maria. **1978 :** Si tu penses à moi • Sorry. **1979 :** La vie se chante, la vie se pleure • Un lord anglais • Côté banjo, côté violon • Toi le refrain de ma vie • Le dernier slow • Tellement bu, tellement fumé • Faut pas faire de la peine à John • Si je dis « je t'aime ». **1980 :** The guitar don't lie • Yellow Stone Cow Bear.

33 TOURS & CD

1966 : Je change un peu de vent • Joe Dassin à New York. **1967 :** Les Dalton • Les deux mondes de Joe Dassin. **1969 :** Le chemin de papa • Les Champs-Élysées • Joe Dassin à l'Olympia • Les meilleures chansons de Joe Dassin (double album). **1970 :** L'Amérique. **1971 :** Elle était... Oh ! **1972 :** Joe • La complainte de l'heure de pointe. **1973 :** Treize chansons nouvelles. **1974 :** Si tu t'appelles mélancolie • Joe Dassin à l'Olympia. **1975 :** Le costume blanc. **1976 :** Le jardin du Luxembourg. **1977 :** Dans les yeux d'Émilie. **1978 :** Les femmes de ma vie • À l'Olympia. **1979 :** 15 ans déjà – 10 chansons nouvelles • Le dernier slow • Blue Country. **1980 :** The guitar don't lie • Mélancolie. **1982 :** Little Italy (avec Marcella Bella). **1983 :** Ses grands succès Vol. 1. **1984 :** Ses grands succès Vol. 2. **1985 :** Ses grands succès Vol. 3. **1986 :** Une heure avec Joe Dassin. Vol. 1 • Une heure avec Joe Dassin. Vol. 2. **1989 :** Le jardin du Luxembourg • Intégrale neuf CD. **1990 :** Les Champs-Élysées • Si tu t'appelles mélancolie. **1992 :** Oh, Champs-Élysées • Joe Dassin chante les prénoms féminins • Collection or. **1994 :** Folk and jazzy • L'été indien – Chante l'amour. **1995 :** Intégrale onze CD • La fleur aux dents • Le meilleur de Joe Dassin • Si tu t'appelles mélancolie • À l'Olympia • Les femmes de ma vie. **1997 :** Les deux mondes de Joe Dassin – Les Champs-Élysées • Le meilleur de Joe Dassin (CD-livre). **2000 :** Le meilleur de Joe Dassin (triple CD) • Ses plus grands succès • Les Champs-Elysées – La fleur aux dents – Si tu t'appelles mélancolie. **2001 :** Bip bip – Guantanamera – Je n'ai que mes mains – Pas sentimental • Les indispensables de Joe Dassin. Vol. 1 • Les indispensables de Joe Dassin. Vol. 2 • Ses plus grands succès (vidéo). **2002 :** Joe Dassin – Ma bonne étoile (long box 3 CD). **2003 :** Ses plus belles chansons d'amour • Musicorama Europe 1. **2004 :** L'été indien – Et si tu n'existais pas.

Copyright des titres

Général a dit » - Auteurs : C. Lemesle, M. Mallory, A. Dona - © ed. Music 18 / Continental, 1971. « **Et l'amour s'en va** » - Auteurs : V. Pallavicini, T. Cutugno - Adaptateur : C. Lemesle © ed. Music 18, 1977. « **L'amour etc.** » - Auteur : G. Lightfoot - Adaptateurs : P. Delanoë, C. Lemesle - © ed. Chappell, 1974. « **Regarde-toi** » - Auteurs (de la comédie "Little Italy") : G. Guarnieri, V. Pallavicini - Adaptateur : M. Vasseur - © ed. P.E.M. Charles Talar, 1982. « **Tellement bu, tellement fumé** » - Auteurs : Joe Dassin, P. Delanoë, C. Lemesle - © ed. Music 18, 1979. «La fan» - Auteurs : Joe Dassin, A. Dona, C. Lemesle - © ed. Music 18, 1978. « **Salut les amoureux** » - Auteur : A. Guthrie - adaptateurs : R. Dassin, C. Lemesle - © ed. Intersong, 1972. « **Après la fête** » - Auteurs (de la comédie "Little Italy"): G. Guarnieri, V. Pallavicini - Adaptateur : M. Vasseur - © ed. PEM Charles Talar, 1982. « **Ça va pas changer le monde** » - Auteurs : V. Pallavicini, P. Massara - Adaptateurs : Joe Dassin, P. Delanoë, C. Lemesle - © ed. Music 18, 1975. « **Vive moi** » - Auteurs : J. Keller, D. Blume - Adaptateur : G. Liferman - © ed. Beuscher, 1966. « **Un peu de paradis** » - Auteurs : D. Seff, R. Seff, C. Lemesle - © ed. Tonus Music / Music 18, 1972. « **C'est un cœur de papier** » - Auteurs : Pober - Adaptateurs : Joe Dassin, J.-M. Rivat - © ed. Music 18 / Critérion, 1967. « **À mon fils** » - Auteurs (de la comédie "Little Italy") : G. Guarnieri, V. Pallavicini - Adaptateur : M. Vasseur - © ed. P.E.M. Charles Talar, 1982. « **La ligne de vie** » - Auteurs : C. Lemesle, R. Dassin, Joe Dassin - © ed. Music 18, 1971.

Impression Bussière, octobre 2005
Editions Albin Michel
22, rue Huyghens, 75014 Paris
www.albin-michel.fr
ISBN 2-226-15998-3
N° d'édition : 23611 - N° d'impression : 053706/4
Dépôt légal : octobre 2005
Imprimé en France